日本一長く服役した男

NHK取材班
杉本宙矢・木村隆太

イースト・プレス

はじめに

2019（令和元）年秋、ついに一人の無期懲役囚が刑務所の中から姿を現した。少し離れた門のところから、カメラ越しに見えるのは、痩せ細った男。眩しそうに目を細めたそのとき、その瞳はまるでビー玉のように光って見えた。

最初の一挙手一投足を、見逃すわけにはいかない。なんてったって、世紀の瞬間かもしれないのだから。83歳で皮膚こそ皺だらけにはなったが、その男を長きに渡って取り巻いた高い壁は、もはやない。男は壁の外に出たのだ。

少しは感慨に耽っても良さそうなものだが、男は立ち止まる様子もなく、そそくさと迎えの車に乗り込んでいく。フロントガラス越しの後部座席にうっすらと見える顔は、何も語ってくれない。笑みを浮かべることもなく、表情はのっぺりとしたままだ。

緊張しているのか。いや、その服役期間を鑑みれば無理もない。なにせ彼は「日本一長く服役した男」なのだから。

戦後、日本が高度経済成長に沸く1950年代末。21歳で無期懲役の判決を受け、服役した男は、以来、半世紀以上もの歳月を刑務所の中で過ごしてきた。

昭和はすでに遠く、平成も過ぎ去り、令和となったこの年。男にとっては61年ぶりの娑婆なのだ。その服役期間は日数にして、実に推計2万2325日に及ぶ。『ショーシャンクの空に』のレッドやブルックスも驚きだろう。

61年間服役していた80代の受刑者が仮釈放された。このニュースは翌2020（令和2）年9月11日に、社会を駆け巡った。熊本県の1本の地域ニュースに、ネットがざわついた。


「えっ、リアル浦島太郎じゃん」

「何をしでかしたのか、気になる」

「家とか家族とか、ないでしょ」

「変わり果てた世界に放り出されてむごい」

「この人、これからどうやって生きるんだ?」


その夜、熊本県域で放送されたのが『日本一長く服役した男』と題された番組だった。さらに、5か月の再編集期間を経て、2021（令和3）年2月21日に再びこの男の姿が日曜夕方の茶の間を席巻した。「日本一長く服役した男」という言葉は、ツイッターのトレンド・ワードの一つとなった。

この番組の取材は、一地域放送局の記者2人とディレクター1人の取材班で臨んだものだ。現場の記者の取材の気づきから提案され、徐々に放送につながっていった。だが、その過程は実に長い、曲がりくねった道のりだった。

私たちが取材を通じて直面したのは「無期懲役」という刑罰の現実だった。無期懲役とは不思議な刑罰である。有期刑のように満期が来たら自動的に出所とはならないし、かといって死刑のように生命が奪われることもない。いわゆる終身刑のように社会復帰の可能性が否定されることもないが、仮釈放が明確に約束されているわけでもない。

では、一体男はなぜ、これほど長く服役したのか。どんな罪を犯し、塀の中で何を思ってきたのか。これからの余生をいかに過ごすのか。そして無期懲役とは何なのか。

この取材はそんな刑罰を背負った一人の受刑者への密着から始まったが、私たちは次第に「罪と罰」の概念、「懲役」という刑罰の本質、それに「更生」の意味を考えざるを得なくなっていく。

ドキュメンタリー番組でテレビ画面に映るのは、取材と編集の一つの結果に過ぎない。番組が一つの物語であるとしたら、「放送には100分の1しか出せなかった」と思えるほどに、その取材過程もまた物語に満ちている。けれどその過程が詳《つまび》らかにされることは少ない。

でももし、私たちが取材活動のリアルな一面を物語ることができれば、結果として私たちが目撃した現場を、そして問題提起したかった内実を、より深く理解してもらえるのではないか。

そんな思いから本書では、単にテレビ番組の内容を再編集するのではなく、取材者自身の物語として再構成し、番組を見ていない人にも読んでもらえる取材記を目指した。新しいエピソードも多く加えているので、番組を見た人の目にも新鮮に映ると思う。

なお、取材記は2人の記者の視点で交互に描くことにした。取材というのは本当に偶然に満ちていて、時にその現実は一人では捉えきれないからだ。取材中、様々な偶然が重なり合ったとき、私たちにはまるで「奇跡」でも起きたかのように感じられたのだった。

一方で、この取材は順風満帆な成功物語どころか、失敗や挫折の連続でもある。そうした取材者それぞれの感情の揺れを、読者のみなさんに感じ取ってもらえたら嬉しい。

そして、日本の刑罰制度や刑務所の運用が岐路に立たされている、今このときに、「日本一長く服役した男」の生涯と、その罪と罰の行き着く先を一緒に見届けてほしいと思う。

これはその取材班の、全記録である。

目次

凡例

・無期懲役の受刑者の場合、仮釈放されても原則として刑の執行は継続するため、「元受刑者」という言い方ができない。そのため本書では、服役中の受刑者や取材班の主観的表現を指す場合には「無期懲役囚」という表現を使い、仮釈放後のケースや客観的な事実を指す場合には「無期の受刑者」として、使い分けている。
・本書は、第1章・第3章・第5章・第7章・第9章を主に木村隆太記者、その他の章は杉本宙矢記者の視点からまとめている（執筆分担ではない）。なお、必ずしも2人の視点を明確に分けることのできない場面もあるため、その場合には、「私たち」や「取材班」といった表記を使っている。
・取材源の秘匿・被害者への配慮のため、出典をあえて掲載しなかったり、表現をぼかしたりしている記述があることを、ご承知おき願いたい。
・登場人物の年齢は、主に取材当時のものとしている。
・2022（令和4）年6月に「拘禁刑」の一本化を定めた刑法改正が行われた。一部の表現は改正前のものであることをご留意いただきたい。

第1章

木村

その男との出会い

キィー、ガシャン。

刑務官が鍵のかかった格子状の扉を開けた。渡り廊下に出て左右を眺めると、要塞のような濃い灰色の高い壁がそびえ立っている。この先は娑婆と隔絶された世界というメッセージが込められているようだ。

「どうぞ」

刑務官にいざなわれるようにして、幾重にも重なる扉を抜けて建物に入ると、生活臭が鼻を突いた。静寂に包まれた建物内の長い廊下には、刑務官と私の革靴の音が響き渡った。

「イッチ!!　ニィィィ!!　イッチ!!　ニィィィ!!」

姿こそ見えないが、どこからともなく受刑者が行進するかけ声が聞こえてくる。張り詰めた空気のなか、緊張から全身に力が入った。一方、刑務官の表情は落ち着き、足取りもゆったりとしている。その姿は頼もしく、まるで〝異世界への水先案内人〟のようだった。

――壁の向こう側へ

2018（平成30）年11月、私は受刑者の取材を始めた。きっかけは熊本刑務所を見学したことだった。

これより約1年半前、初任地であるNHK熊本放送局に配属された私が最初に担当することになったのは、他の新人記者に違わず、主に事件や事故、それに裁判などを取材する、いわゆる「サツ担」[1]だった。

今でこそ、新人記者が県庁や市役所など行政の取材を担当したり、経済や災害などの多岐にわたる分野で機動的に取材ができる「遊軍」を担当したりすることもあると聞く。ただ、当時の熊本で私の周囲にいた新人記者は、地元の新聞社をはじめ、テレビ局も全国紙も、みなほぼ例外なくサツ担だった。

新人記者がサツ担になるのは、警察など当局を中心に取材し、同業他社よりも早く情報をつかんだり、記事を書くのに必要な5W1Hの要素を確かめたりすることで、記者としての基本的なスキルを身につけさせることが狙いにあるとよく言われている。

残念ながら、私は特ダネを〝すっぱ抜ける〟[2]ような優秀なサツ担ではなかったが、日々様々な現場を飛び回ることにはやりがいを感じていた。

ただ、私はたびたび日頃の取材の仕方に、疑問を感じることがあった。

通常、事件の容疑者が逮捕されたり、交通事故が起きたりすると、警察から各報道機関に対して「広報文」というメディア向けの〝お知らせの紙〟が投げ込まれる。すると、各報道機関のサツ担は、一斉に事案を管轄する警察署などへ取材を始めることになる。そこで聞いた話は「警察によりますと……」という形で記事化されていく。

もちろん、事件や事故の現場などで、目撃者や知人を探して証言を集める「地取り取材」を行うこともある。しかし、事件記事の本筋はあくまで警察の発表を軸に展開されることが多い。裁判が開始されるまでの間で、最も情報が動くのは警察の捜査であり、多くのメディアはそれを重要なニュースの情報源としているからだ。一歩引いてみるならば、当局の発表にニュースが依存しやすい構図になるとも言える。

そういった中で、私はどこか「加害者」と呼ばれる人々との距離の遠さを感じ、取材の手触りがないと思うことがあった。

容疑者が被告人として公の場に現れるのが裁判だ。法廷で次第に明らかにされていく犯行の動機、そして被害者の話を聞いていると「なんてひどい事件だ」「許せない」と自然と怒りがこみ上げてくることがある。

一方で、老老介護に疲れ、配偶者を楽にしてやりたいと思い殺めてしまった事件や、グループ内でいじめられた結果、カッとなって相手を傷つけてしまった事件など、被害者の生い立ちや境遇、犯行の動機や背景などを知ると、どこか気の毒に思えてしまうこともあった。

「誰かが助け船を出していたならば犯罪は起こらなかったのではないか」「支援がない社会構造にも加害者を生み出す要因があったのではないか」。そんな不条理も感じていた。

とはいえ、法廷で事件を起こした本人に直接話を聞けるわけではない。法廷では、被告人と傍聴席との間には腰の高さほどの柵があるだけ。だが、そこには目に見えない大きな隔たりがあった。

なぜ事件を起こさねばならなかったのか。判決確定後に、加害者は刑務所の中でどのように過ごし、更生していくのか。

こうした素朴な疑問から、私は熊本刑務所の門をくぐることにしたのだった。

――衝撃の朝

「番号!!」

刑務官の太い声が廊下に響いた。時刻は朝7時前、受刑者への点呼が始まったのだ。刑務所の朝は早い。

まず訪れたのは、主に高齢受刑者が収容されている建物。並んでいるのは、受刑者の生活空間となる部屋だ。4人が一緒に生活している共同室。それに1人用の単独室。見たところどの部屋にも、一様に上下緑色の服を着た、70代から80代ぐらいの年老いた受刑者が正座をしている。刑務官はそれぞれの部屋の前で立ち止まり、受刑者の番号と人数をテンポよく確認していった。

そのなかで私は、気になる光景を目の当たりにした。

80歳ぐらいだろうか。単独室に収容されていたその高齢受刑者は、川口（仮名）と呼ばれていた。川口は、点呼の際に正座をすることなく、部屋の中に設置されたトイレの前に立ち、排泄していた。そのままの姿勢で自分の番号を答えた。刑務官は特段とがめる様子もなく、他の受刑者と同様、流れるように番号と名前を確認していった。私は川口のことが気になり、しばらく見ていたが、明らかに不自然な様子だった。

点呼が終わると、配食係の受刑者によって、それぞれの部屋に人数分の朝食が配膳されていった。麦飯が入っている弁当容器の蓋には、「かゆ」と書かれたシールが貼られているのが目に入る。咀嚼《そしゃく》する力が衰えた、受刑者向けの食事だ。

川口にも、朝食が配膳されてきた。だが、当の本人はまったく手をつける気配をみせない。しまいには、布団に潜り込み、そのまま眠ろうとしてしまった。その様子に気づいた刑務官が、すぐに部屋の前までやって来て、川口に声をかけた。

「起きなさい。起きなさい。朝だ」

「はい」

「はいじゃなくて、起きなさい」

「はい……」

とても会話が成立しているようには見えない。そこで別の刑務官が、我が子をさとすように優しく声をかけた。

「朝だよ。起きようか?」

「はい」

反射的に「はい」と返事はするものの、なかなか次の動作に移ることができない。しびれを切らしたのか、刑務官数人が部屋に入り込み、掛け布団を回収して廊下に出てきた。すると、その掛け布団が放つ異臭にあたりは包まれた。失禁だった。これには私も思わず息を止めた。

しかし再び部屋を見てみると、驚いたことに川口は、今度は分厚い敷き布団の下に潜り込んで眠りにつこうとしていた。

どうなっているのか……。

あまりの出来事に、呆気にとられてしまった。

「すみません、あの方ですが……。大丈夫ですか？」

私の呼びかけで、再び部屋の中をのぞき込んだ刑務官が不意にみせた、疲れ切った表情と、とっさについたため息は忘れられない。そこからは、やるせなさや困惑が入り交じった複雑な感情が読み取れた。

川口は80代後半で、無期懲役の刑で服役していたが、数年ほど前から認知症と診断されているという。

「受刑者は、罪と向き合うために刑務所にいる」

刑務所を訪れる前まで、私は素朴にそう考えていた。確かに罪に向き合えている受刑者がいる一方、そうでない受刑者もいるだろう。しかし、高齢化に伴い認知機能が衰えた受刑者は、日常生活はおろか、言葉のキャッチボールさえできていないのが現実のようだ。罪に向き合う以前に、自らの罪をきちんと認識できているのか怪しく思えてくる。

早朝から後頭部を殴られたような衝撃を受けた私は、自らの考えがあまりにも単純だったと思い知らされた。

――泣く子も黙る「LB」刑務所？

熊本市中央区に位置する熊本刑務所は、全国の中でも特に重い罪を背負った「LB」や「B」と呼ばれる受刑者を収容する刑務所だという。

「LB」とは何か。受刑者の矯正処遇にはある原則が存在する。それは、個々の受刑者の資質や環境に応じて、適切な内容と方法で、実施しなければならないという「個別処遇の原則」である。そのため、受刑者は刑務所に収容されるとき、一人ひとりの資質、犯罪の特性や傾向が詳しく調べられることになる。

調査の結果に応じて、受刑者には「処遇指標」というものが割り当てられる。具体的には、受刑者に対して行われる改善指導の内容などの「矯正処遇の種類及び内容」、執行される刑期の長さ、性別や年齢といった「属性」、さらには初犯か再犯かなどの「犯罪傾向の進度」からなる。

この指標は、簡易的にアルファベットの符号で表される。「属性」では少年はJ（少年院の場合はJt）、女子はW、外国人はF、執行すべき刑期が10年以上であればL、などとされる。また、「犯罪傾向の進度」については、初犯であればA、再犯者や暴力団員などであればBとなる。つまり、LとBが組み合わさった「LB」とは、刑期が10年以上の長期にわたり、かつ犯罪傾向が進んでいる状態を指すわけだ[3]。

こうした処遇指標に基づいて、受刑者をどの刑事施設に入れるかが決められていく。

けれど、なぜ受刑者を振り分けるのか。表向きは、受刑者の特性に応じて適切な働きかけをし、改善更生を促すためだと言われる。一方で、タイプの異なる受刑者を一緒に収容しないようにして、刑務所内の受刑生活や社会復帰に悪影響が出るのを避ける狙いもあるとされる。

たとえば、少年などを暴力団員と一緒に収容してしまうと、刑務所内でつながりができて、より悪質な犯罪に引き込まれるおそれもあるからだ。運営する側にとっても、似たタイプの受刑者を一緒に収容する方が、管理しやすいという側面もあるという。

要するに、熊本刑務所は殺人や強盗殺人など、重い罪を犯した長期刑の受刑者や、暴力団員などを集めて、専門に処遇している場所ということになる。法務省によれば、全国に66ある刑務所のうち、LBとBの受刑者を専門に収容しているのは、熊本刑務所に加え、旭川刑務所、岐阜刑務所、徳島刑務所の4か所しかない[4]（2023〈令和5〉年4月1日現在）。

これだけ聞くと、アメリカの映画に出てくるような〝屈指の凶悪犯〟が集まり、日夜、刑務官と衝突を繰り返しているような場所にも思えてしまう。ところが、こうしたイメージは必ずしも的を射ていない。その理由のひとつが「高齢化」だ。

私が熊本刑務所を取材した当時の少し古い情報だが、熊本刑務所に2018年末時点で収容されていた受刑者の数は379人、その26・9％にあたる102人が65歳以上となっている。さらに、このうち無期懲役囚は69人だ。何十年も前に起こした事件で長期にわたって服役する受刑者が多くいることに加え、無期懲役囚も数多く収容していて、仮釈放されるケースも少ないため、高齢化が進んでいるのだという。

かつては血の気が多かったであろう受刑者といえども、老いには勝てない。心身が衰えた者の中には、杖をつく者、おむつをはく者、腰が直角に曲がった者、歩行器具に頼る者など……。

特に印象的だったのは、入浴の場面だった。自力で歩くことも身体を洗うことも難しい高齢受刑者には、若い受刑者が介助役として付き添い、入浴を手伝うことがある。その様子だけ切り取れば、とても刑務所には見えない。刑事施設というより福祉施設である。

しかし、よく見れば、彼らの身体にも入れ墨が確認できる。入れ墨といっても、皮膚はたるみ、張りはない。その姿にはどこか哀愁が漂っていた。入浴を待っている他の高齢受刑者は、長い廊下で民間の介護スタッフに付き添われながら、運動機能を維持するために歩行の訓練をしていた。

高い壁の中に閉じ込めておかなければならない受刑者の中には、わずかな段差を越えることすらできない者もいる。隔離され、移動の自由を制限される刑務所内の随所にバリアフリー設備が導入されているのは、皮肉に思えた。

―刑務作業で支えられる社会と受刑者

ダダッ、ダダッ、ダダダッ――。

暖かい日の光が射し込む工場にミシンの音が響き渡る。およそ20人の受刑者が黙々とミシンと向き合っている。刑務作業中の私語は禁止されていて、話し声は一切しない。

刑務所には受刑者が集団で刑務作業を行う「工場」と呼ばれる場所がある。ここは受刑者にとって〝職場〟である。と同時に、入浴時間や娯楽時間などは、この工場を一つの単位として行動することが多く、学校のクラス（学級）を彷彿とさせる部分もある。

なお、配置された工場は頻繁に変わるものではないらしく、〝職場の異動〟や〝クラス替え〟が少ないということで、個々の受刑者はそこでの人間関係に大きな影響を受けやすくなる。

2022（令和4）年の刑法改正による「拘禁刑」への一本化以前、刑務作業は有期・無期を問わず懲役で服役する受刑者に対して義務づけられており、刑法第12条第2項に「懲役は、刑事施設に拘置して所定の作業を行わせる」とあった。

刑務作業の目的は、「所内で規則正しい生活を送らせることにより、その心身の健康を維持し勤労意欲を養成して、共同生活における自己の役割や責任を自覚させ、職業的知識及び技能を付与することにより、円滑な社会復帰を促進すること」[5]である。

なお、刑務作業が義務づけられていない禁錮の受刑者であっても本人の申し出があれば作業をすることは可能だ。[6]

刑務作業は大別すると4つの種類があり、「自営作業」「生産作業」「社会貢献作業」「職業訓練」に分けられる。

まず、「自営作業」とは、受刑者自身の衣食住にかかわる作業である。自分たちの食事の準備や着る服の洗濯など、刑務所内の生活にかかわることは主に刑務作業でまかなわれていて、外部のサービスが使われているわけではない。そこには刑務所独自の自活した経済圏があるとも言える。

次に、外部などからの発注を受けて行われる「生産作業」がある。剣道の防具や家具、バスマットやコースターなど、実に多種多様な製品が作られている。百貨店やスーパーマーケットなどで身近に目にする品も民間から受注しているため、私たちは日常生活の中で、いわば〝刑務所産〟の品を知らず知らずのうちに手に取っているかもしれない。

これらの製品に加えて熊本刑務所では、国の伝統的工芸品にも指定され、地鉄に金銀をはめ込んだ熊本県の金工品「肥後象がん《ひござう》」のネクタイピンやブローチまで、受刑者の手によって作られているというのだから驚きである。なり手不足や高齢化で職人たちが地域から消えゆく中、刑務所では「ものづくり」の伝統の技術がひそかに受け継がれているようだ。

「社会貢献作業」で記憶に新しいのは、2020（令和2）年5月中旬から翌年3月までに、新型コロナウイルスの感染拡大に伴って不足するとされた医療用ガウンが全国の刑務所で作られ、医療機関に送られたことだ。熊本刑務所でもその一部が生産され、熊本県庁に納品される様子を私が取材すると、刑務所長は誇らしそうであった。

このほか「職業訓練」では、自動車整備士・ホームヘルパー・建設機械オペレーターなど、出所後、就労に結びつく可能性がある資格なども取得できるようになっている。

だが、高齢化の波は、懲役の根幹たる刑務作業にも影響を及ぼしている。

工場の一つに「養護工場」と呼ばれる特別な場所がある。そこには、他の受刑者と同じようには作業ができない、高齢受刑者が収容されている。

「今日は作業日だぞ。手を動かせよ」

「ほれ、それ持って。ちぎって、ちぎって」

　刑務官の言葉に「はい」とだけ答えて手を動かす高齢受刑者。その作業は、いらなくなったゴミをさらに細かくちぎるような、手作業によるシュレッダーともいえるものだ。

　無言で黙々と作業する高齢受刑者は、一つ終わると手を挙げ、次の〝材料〟を刑務官からもらう。そして、またちぎる。この繰り返しだ。

「職業的知識及び技能を付与することにより、円滑な社会復帰を促進する」という刑務作業の本来の目的からすれば、このような状態の受刑者に刑務作業をさせる意味はなく、とても社会復帰につながる内容とも思えない。だが、刑務作業が義務づけられた懲役である以上、刑務所も受刑者に何らかの作業をさせなければならない。〝定年退職〟はないのだ[7]。

　ふと見れば、早朝の点呼時に何度も刑務官に起こされていた無期懲役囚の川口もそこにいた。ただ、作業中も刑務官から何度も声をかけられているようだ。声をかけられては、手を動かし、手を止めては、声をかけられる。刑務官も怒鳴ることなく、まるで工作が苦手な生徒を温かく見守る教師のように、辛抱強く声をかけ続ける。だが、川口にとっては、簡易な作業でさえ続けることは困難だった。

「リハビリとして手先を動かしてもらえば、認知機能低下の進行を遅らせられるかもしれない……」

ある職員はどこか自分に言い聞かせるようにそう言った。

運動時間に、刑務所内の屋外の運動場をのぞくと、彼らはキャッチボールをしたり、懸垂をしたりしていて、各々の時間を過ごしていた。なかでも走り込みをしている受刑者たちには驚かされた。走るペースも速く、黙々と運動場を周回している。終了間際には、膝に手をつくほど走り込む者もいる。よくもここまで自分を追い込めるものだと思わず感心してしまう。

40〜50代ぐらいの比較的若い受刑者の姿は、高齢受刑者とは対照的だ。

――刑務所という〝ホーム〟

サツ担になってからは、私は他社よりも早く捜査情報をつかむため、夜間に警察幹部や捜査員の自宅などを訪れ取材する「夜回り」をして、それが終わると、深夜に居酒屋で飲んで帰るような日々を過ごしていた。体重は学生時代と比べて激増。悲しいことだが、壁の外に生きる私の方が、よほど不摂生な生活をしているのが現実だろう。

運動を終えた無期懲役囚の引き締まった体に流れる汗を見ていると、社会への、そして生きることへの執念が感じられる。もちろん、彼らが生きて社会に出られる確証はどこにもない。まるで、ゴールのないマラソンでも見ているかのような気分になった。

一方、養護工場の無期の高齢受刑者たちも運動に精を出していた。しかし、その場所は運動場ではない。小さな会議室のような部屋だ。

「では、次は腕を伸ばして下さい」

かけ声のもと、円形に配置された椅子に座った高齢受刑者たちは、一斉に腕を天井に向けて伸ばした。

これは外部の作業療法士を招いて行う「健康運動指導」と呼ばれ、熊本刑務所では2018年6月から実施されているものだ。運動機能や認知機能の低下を予防するため、激しく動き回らなくてもできる、簡単なストレッチなどが取り入れられている。

一連のストレッチが終わると、参加者全員が椅子に座ったまま、腕を振ってその場で足踏みを始めた。

「それでは始めましょう。し・り・と・り！」

作業療法士のかけ声で始まったのはゲーム形式の運動。これが意外にも盛り上がりを見せる。ルールは簡単で、全員で足踏みをしたまま、順番にしりとりを進めていく。

「りんご！」「ご、ごりら」「らっぱ」「ぱ、ぱ、ぱんつ！」「わははは……」

ときおり笑い声も聞こえてくる。終始穏やかな雰囲気の中、高齢受刑者たちはどこか楽しそうに過ごしていた。その様子は福祉施設のデイサービスに似ている。

参加した高齢受刑者たちからは、もはや生きることへのむき出しの執念や、外の社会への渇望は感じられない。かといって表向きは、彼らが社会復帰の見通しのなさに絶望しているようにも見えず、むしろ居心地が良さそうである。もはやここは、彼らにとっての〝居場所〟なのかもしれない。

ただ、果たしてそれでいいのだろうか。そんな疑問が頭をよぎる。彼らは罪を犯したことで刑に服しているのだ。

ある職員はこの取り組みの意義を次のように強調した。

「頭も身体もしっかりしていなければ、自分の犯した罪を反省することもできなくなってしまいます。健康運動指導で会話がスムーズになった受刑者もいます」

やはり刑務所は刑務所であって、福祉施設ではない、ということだろう。健康運動指導といっても、その目的は高齢になっても〝罪の意識〟を維持させ、反省を促し、改善更生に向かわせること。少なくとも、建前としては。

――〝反省〟のためのプログラムは

では、改善更生のための刑務所のプログラムは、どのようになっているのだろうか。

かつての刑務所は、1908（明治41）年に制定されて以来、100年近く続いた「監獄法」のもとで運用されてきた。その枠組みでは、受刑者の社会復帰や改善更生に向けた処遇方法が十分に定められていなかった。

そんな中、名古屋刑務所で事件が起こる。2001（平成13）年に刑務官が集団で受刑者の下着を脱がせて消防用ホースで水を浴びせて死亡させ、翌年には別の複数の刑務官が、革手錠付きのベルトで受刑者2人の腹部を締め上げて死傷させた。相次いで発生したこの事件をきっかけに、受刑者の人権への配慮が欠如しているなどの批判が強まり、ついに監獄法は全面改正されることとなった。

そうして2006（平成18）年に施行されたのが、「受刑者処遇法（刑事施設及び受刑者の処遇等に関する法律）」で、さらに翌年にその一部を改正した「刑事収容施設法（刑事収容施設及び被収容者等の処遇に関する法律）」が施行されると、受刑者の改善指導の柱として教育プログラムが整備され、「特別改善指導」が行われるようになった。

特別改善指導とは、薬物依存があったり、暴力団員であったりと、社会復帰に向けて特別なハードルがある受刑者に対して行われる専門的なプログラムである。依存や組織からの離脱を目指すものなど、種類は全部で6つある。

殺人などの重い罪を犯した受刑者には「被害者の視点を取り入れた教育」が行われる。自らの罪の大きさと向き合い、被害者や遺族の苦しみや心の傷を認識させるカリキュラムが組まれ、再び罪を犯さない決意を固めさせるとともに、遺族に対する誠意を持った償いを促していく。


では実際、彼らはどう向き合おうとしているのか。私はその場を取材する機会を得た。


この日は、少年院でも勤務経験を持つ教育専門官と呼ばれる職員が、80代の高齢受刑者と面談をしていた。

「犯した罪はなんですか？」

「強盗殺人です」

「刑期は？」

「無期です」

最初は、本人確認のような質問が続いた。この受刑者は高齢だが、口調ははきはきとしていて、認知機能の衰えはさほど感じられない。

「今、事件を振り返ってどのように思いますか？」

「本当に申し訳ないことをしたと思っています」

「被害者のことを今でも考えることはありますか?」

「いや、考えないようにしています」

「それはなぜですか?」

職員の顔が急に険しくなった。黙った受刑者に対し、質問が繰り返される。

「考えないようにしているのは、どうしてですか?」

長い沈黙が続く中、静まり返った部屋で、職員は受刑者が口を開くのをひたすら待つ。本人は何と答えるつもりなのか。その場にいた私の心拍数も上がっていく。張り詰めた空気を感じ、取材でなければ、この気まずい空間から出て行きたいところだった。

「なんというか、今さらそんなことを考えても仕方がないというか」

間髪入れずに職員が尋ねた。

「その言葉を被害者が聞いたら(被害者は)どう思うと思われますか?」

「被害者には申し訳ないことをしたと思っています」

これまでのやりとりが最初に戻ってきたような気がした。その後、職員が質問を変えてみても、高齢受刑者は「申し訳なかった」という言葉を繰り返すだけだった。同じ場所をぐるぐるとループしているようで、その先に進む気配はなかった。

彼は確かに反省の言葉を口にしている一方で、この場をやり過ごそうとしているようにも見えた。自分の心を守るための防衛反応として思い出したくなかったのか、この職員との相性が悪かったのか。あるいは長期にわたる服役で、もはや自暴自棄になってしまっていたのか。この日しか見ていない私には、彼がなぜそういう態度をとったのか、真の理由はわからなかった。

刑務所の取材では、耳にたこができるほど「更生」という言葉を聞く。しかし、現場を目にすると、「罪と向き合いながら、再犯せずに社会で生きていく」という、私の思い描いていた「更生」は、現実とかけ離れているように見えた。受刑者を隔離して反省させる場所として考えていた刑務所は、少なからず福祉施設の機能も果たしていた。そこで服役する高齢受刑者の中には「更生」どころか、罪を認識しているかも危うい者がいる。

どうやら私はあまりにも「更生した／していない」という二分化した考えに囚われすぎていたのかもしれない。「更生」とは、一体何なのか。

――知らずと紡がれた糸

2019（令和元）年6月、モヤモヤとしたまま私は、刑務所の高齢化の様子を、熊本の地域ニュースで特集として放送した。テーマは「福祉施設化する刑務所」。どこかで見たような内容だった。

刑務所のVTRはわずか3分半ほど。考えがまとまらぬまま勢いでロケ・制作をしたため、切り口となるような問題意識がはっきりしないままだった。普段目にすることが少ない刑務所の映像にはインパクトがあったものの、それ以上は何も伝えられていなかった。

「本質をついていない……」。自分でそう感じていた。

放送を終えてからしばらくして、先輩の杉本記者から仕事終わりに「ちょっとメシでも食わないか」と誘われた。杉本記者は、私の2つ上の先輩だ。一緒にサツ担をしていた時期もあり、ときどき飲みに行く仲だった。以前から「生きづらさ」をテーマに受刑者の社会復帰などを取材していて、刑務所や受刑者の立ち直り支援の動向にも詳しい。そのため放送前からよく相談に乗ってもらっていた。

職場近くの適当な居酒屋に入ると、さっそく、先日の特集の話になった。

「この前の企画は、不完全燃焼だったたな」

事情をわかってもらっているだけに、その一言はずっしりと重く、返す言葉が出てこなかった。私は反省せざるを得なかった。

そんなとき、杉本記者は思いがけない言葉を口にした。

「木村、60年以上服役した無期懲役囚が、今度仮釈放されるのを知っているか？」

「それって……」

記憶を辿ると、刑務所で見たある光景が浮かんできた。

刑務所内でロケをしていたときのことだ。その日は、高齢受刑者と職員の面接の様子を撮影できることになっていた。

一人の受刑者が刑務官の付き添いのもと、一礼して面接室に入ってきた。男は高齢で痩せこけていて、腕の血管がくっきりと浮かび上がっている。介助はなく、自力で歩けるようだが、背中は少し曲がり、挙動は安定しない。職員の机の前に置かれた椅子の前に立つと、再び一礼をした。

「番号と名前を確認します」

「○○番、△△です」

この日は、仮釈放に向けた意思確認などを行う面接だった。受刑者と対面しているのは、社会福祉士の資格を持つ福祉専門官だ。2、3の確認の後、福祉専門官は受刑者にこう尋ねた。

「△△さんは、刑務所に入って何年くらい経ちますか？」

男は答えない。

長い沈黙が続いた。

しびれを切らした福祉専門官が「わからないですかね？」と追加で尋ねる。

「はい」

男はあっさりと答えた。何年入っていたのかも思い出せないほど、記憶力が低下しているのか。あるいは、よほど長期にわたって服役をしていて数えるのもやめてしまったのか。

「今、おいくつになります？」

「80ぐらい」

「正確な年齢はわからないですか？」

「はい」

ここでもあっさりと回答した。やはり認知機能に若干の衰えがあると見受けられる。

「外に出たら何がしたいですか？」

「仕事をしたいです」

その意志だけは明確だった。社会復帰後の就労を望んでいるようだ。

職員は他にも、社会に出てから心配なことはあるかなど質問を重ねたが、男からははっきりとした答えを得ることができないまま、面接は終わってしまった。正直よく分からない面接だった。

男は無期懲役囚だった。この時、刑務所は高齢受刑者などを対象にした特別な制度を利用して、仮釈放に向けた手続きを進めていた。恥ずかしながら、このとき無期の受刑者の仮釈放がどういう意味を持つのか知らなかった私は、この男にそこまでの注意を払っていなかった。ましてや、これから密着取材することなど、このときは想像もしていなかった。

男が犯した罪は強盗殺人。服役期間は当時日本で最長とみられる61年に上った。

そう。この男こそ、後に私たち取材班からAと呼ばれ、1年以上にわたって向き合い続けることになる「日本一長く服役した男」だった。

第2章

杉本

偶然か、必然か
取材班結成秘話

金曜日の夜だというのに、その日は残業に追われていた。

2019年7月、まだ世界がパンデミックの混乱に呑み込まれる前のことだ。熊本は梅雨。この時期は大雨災害の報道対応で、疲労が蓄積しやすい季節である。

ふと時計を見ると、午後11時を過ぎている。放送局内にはもう飲みに誘えるような人も残っていなかった。

「仕方ない、缶ビールでも買って帰るか」

じわりと疲れを感じながら、熊本市中心部のアーケード街をとぼとぼ歩いていると、突然、快活な声に呼び止められた。

「杉本さんじゃないですか！」

相手の気さくな様子に一瞬戸惑いを覚えたが、よく見ると見知った顔の市原さん（仮名）だった。

市原さんは更生保護事業に携わっている人だ。「更生保護」とは、犯罪や非行をした人たちの再犯を防ぐため、彼らの自立を促し、社会復帰を支援する活動である。

普段は真面目で、理路整然とした印象が強い市原さんだが、このときはだいぶ酔っ払っていたので、気づくのが遅れてしまった。

「飲みに行きましょう！」と誘われて、近くの居酒屋に入るやいなや、上機嫌に語り始めた。市原さんの更生保護事業への情熱は人並み以上で、「最近、出所者の就労支援に新たに協力してくれる店が見つかったんです！」と、嬉しそうに話してくれた。


話が盛り上がって日付が変わりそうになった頃、市原さんがあらたまって、けれども少し興奮した様子でささやいた。

「杉本さん、知っています？　今度、無期懲役の受刑者が仮釈放されるんです。無期の受刑者の仮釈放は珍しいんですよ。しかも、その人は60年ぶりに出るので」

雑談だと思って調子よく話を流していたが、この言葉でふっと私の意識が変わった。

60年前といえば、１９５０年代末。つまり、前回の東京オリンピックよりも前の出来事である。60年も服役するなんて、一体どんな凶悪事件を起こしたのか。なぜ今、仮釈放なのか。その数字の意味に、初めは頭が追いつかなかった。

周りの客もいる中、あまり大声で聞くわけにもいかなかったので、店を出たタイミングで市原さんにそれとなく「ちなみに、さっきの話なんですけど……」ともう一度話を切り出し、矢継ぎ早に質問した。そして、別れるやいなや、私はスマートフォンにメモを打ち込んだ。これが、当時のメモの文面である。

7／●　0：26
85歳ぐらい　無期懲役
およそ60年ぶりに出所
△△さん（下の名前は不明）昭和33年頃に収監
無期懲役の仮釈放は珍しい
2人目もいるかも
9月出所予定
●●●●（施設名）　老人ホームに入る予定
認知の低下はあるが会話は可能
刑務所も獄中死はさせたくない

このとき、私は妙な震えに襲われた。帰り道、私はどこか興奮冷めやらぬ状態で、取材の妄想を膨らませた。

〝顔〟の見えない受刑者たち

私には「無期懲役」が気になる理由があった。

事件報道は、裁判で判決が言い渡されるところまでで終わることが多く、よほどの大事件でもない限り、その後のことは「ニュース」として注目されにくい。そのため、事件取材をしていても、意識的に動かないと「更生保護」の話題を取材することは少ない。

さかのぼること3年。2016（平成28）年から翌年にかけて、当時記者2年目の私は「サツキャップ」と呼ばれる、警察・司法取材の取りまとめ役を担っていた。しかし、犯罪者や受刑者に直接対面することはなく、どこか取材のリアリティを欠いている気がしてならなかった。

転機は、一人の人物との出会いだった。熊本市で出所者の受け入れ施設を営む青木康正《やすまさ》さん。実は自身が元受刑者で、かつては暴力団の組長だった。人生のうち30年近くを刑務所で過ごしてきた。

青木さんは刑務所の中で、対立する暴力団員から頭をハンマーで殴られ、生死をさまよった経験があったという。そのときにたまたま目にした聖書の言葉に救われ、キリスト教に回心。出所後、元受刑者や非行少年を受け入れて立ち直りを支援するＮＰＯ法人「オリーブの家」を立ち上げ、「自立準備ホーム」を運営している、珍しい経歴の持ち主だった。

そこに集まる出所者たちは様々な理由で帰る場所がなく、また社会生活を営む上でもいろいろなハンディキャップを抱えていた。ホームレスで各地を転々としてきた人もいれば、かつては暴力団に属し、80代の高齢で職のあてもなく出所した人もいる。両親に精神疾患があり里親の元で育つも、逃げ出して非行に走っていた少年もいた。

一筋縄ではいかない元受刑者たちと日々奮闘する青木さん。悩みながらも少しずつ自分を変えようとしていく出所者たち。その様子を取材し「行き場のない受刑者たち」というテーマの特集[8]を組んで伝えると、社会に出た元受刑者たちの素顔が見えた気がした。

ところで、なぜ出所者たちを受け入れる施設を作ろうと思ったのだろうか。青木さんは、活動の原点について、いつもこう語っていた。

「無期の人は引受人がいなくて、『せめて最後は娑婆で……』と言いながら、刑務所の中で亡くなる人がたくさんいました。〝人生いつからでもやり直せる〟って言えるよう、無期の人でも受け入れられる施設を作りたかったんです」

青木さんを突き動かした無期懲役囚とは、一体どのような人たちなのか。以来、顔の見えない無期懲役囚の存在が、私の頭の片隅に張り付いて離れなかった。

——紡がれ始めた運命の糸

通常、特集や番組を制作するときは、事前に部局内で提案を通し、「何が撮影できるのか」といった大まかなロケ案まで提示する必要がある。ときどき誤解されることがあるのだが、特集はインタ（インタビューのこと）だけでは成立しない。インタは全体のごく一部で、仮に1時間話を聞いても、狙いにハマる部分を抽出して全体のバランスを考えて配置するとその長さは合わせて1分、あるいは30秒ということもザラである。

たとえば、最近注目を集める高級な牛乳を生産する牧場を特集するとしよう。まずは牛乳が売られている百貨店の売り場を撮って、お客さんや販売員のインタを狙う。牧場では早朝の乳搾りはもちろん、その牧場ならではの工夫を象徴する仕組みを撮りたい。取材者の現場リポートや、実際に味わってその食感などを伝える食リポも撮っておいた方がいいかもしれない。また、経営する社長の動向を追うのであれば、社長が牛乳の営業をかける日程はないか探る。そうした前段があって初めて、牧場の社長のインタが光るのではないか……と、撮影案を練っていく。

こうした要素をロケ案として1枚の提案表に書き込んで、取材や放送に関係するセクションに共有する。時間が許すのであれば、使う映像やナレーションのコメントをおおまかに想定して書き込んだ、特集の「構成案（台本案）」をロケ前に作ってカメラマンに渡す。だから、テレビの特集の制作では、事前のリサーチ取材が欠かせない。番組だと取材期間や台本の長さは伸びるが、基本の考え方は変わらない。

しかし、そもそも刑務所の中を取材するのはセキュリティーの関係でハードルが高く、事前の取材にも手間がかかる。普段から関係性がないと、ふらっと行って話を聞くことは難しい。刑務所によっては情報漏洩を防ぐため、外部向けのメールすら制約しているという場所もあった。

刑務所は基本的に、誰が収容されているかも答えてくれない。刑務所側から取材候補者として紹介してもらわない限り、特定の受刑者がいるかどうかを確実に知るには、特定の人物宛で刑務所に手紙を出して返事をもらう方法しかない、ということさえある。

また、プライバシーの壁もクリアしなければならない。所内での撮影の場合、本人の承諾はもちろん、刑務所の承諾も必要だ。ただ、たいていの場合「個別にこの受刑者を取材したい」という依頼は通らない。あくまで「〜といった狙いで取材したい」と要望すると、刑務所側が許可して紹介した人物や場面が撮れるだけである。

さらに今回のケースでは、出所後の生活が肝になってくるだろうから、そのことを考えると、受け入れ先の施設の承諾を事前に得なければ、取材は成立しない。詳細な事前取材はできないにせよ、少なくとも取材の算段だけはつけておかねばならない。


赴任から丸4年が過ぎ、熊本局での勤務も終わりが見える中で舞い込んできた、無期懲役囚の仮釈放。熊本刑務所では6年ぶりということで、私が熊本に来て以来「初」というわけだ。しかも、その男は60年ぶりに壁の外の世界を見るのだという。

一体、どんな面持ちで、どんな姿で出て来るのか……。おそらく、このような場面に立ち会うチャンスは二度とない。すぐさま何か手を打ちたい。詳しく聞いていくと、仮釈放のめどは9月上旬頃だという。

まだ、1か月以上ある——。

パッと頭に浮かんだのは、後輩の木村記者の存在だった。私より入局年次が2つ下の後輩で、一緒に事件取材をした経験があり、ちょうど「福祉施設化する刑務所」をテーマに特集を終えたばかりだった。今まで、何度も取材の相談を受けていた。

本当はすぐにでも打ち合わせをしたかったのだが、あいにくとその時期は異動期で、熊本局からおよそ50キロメートル離れた県内の阿蘇支局行きが決まっていた木村記者は準備で慌ただしく、電話したが2回ほどタイミングを逃してしまった。内心やや焦っていたが、なんとか時間を作ってもらい、その夜は、繁華街の手頃な居酒屋に入った。

「なあ、木村。この前、刑務所の取材をしていたよな。あれはどうだった？」

最初は特集の振り返りをして、木村記者のモチベーションを探った。

「あまり本質を突いた内容にならなかった気がします……」

どうやら、本人もあの特集には満足していなかったようだ。ならば、話に乗ってくるかもしれない。

「ところでさ、今度、60年くらい服役した無期懲役囚が仮釈放されるって話、知ってるか？」

すると、意外な答えが返ってきた。

「無期懲役ですか……。確か、この前、刑務所を取材した時に撮影した何人かの受刑者が無期だったと思います。名前はなんですか？」

「△△さんというそうだ」

「えーっと、もしかしてあの△△さんですかね？　僕、仮釈放前の面接の様子を撮影していますよ」

なんと、すでに取材しているという。さらに、刑務所の中の映像まである。刑務所が紹介しているなら、本人の同意もあるとみていい。一番高いハードルをすでにクリアしている。

「木村、一緒にやろう。△△さんが出所するのは9月の上旬だから、あまり時間がない。すぐにデスクに話をする。ちょっと待っててくれ！」

私は翌日、デスクのところへ向かった。

ここで、NHKの放送における分業体制に触れておこう。よく混同されるのだが、同じ取材者といっても、記者とディレクターでは役割が異なっている。

記者は、主に行政省庁や地域などの持ち場を取材し、アナウンサーが読む1本あたり1分半程度のニュースの原稿を作成する。報道番組の中で5〜10分程度の特集を作ることもあるが、大型の報道番組にかかわるのは頻繁ではない（なお、個人差が大きい）。

一方、ディレクターは、それぞれの分野ごとに分かれて、番組を設計するために取材し、台本を作成する。ディレクターには、バラエティーなどの情報番組の担当もいれば、「NHKニュース7」や「クローズアップ現代」などの報道番組の担当もいる。

つまり、両者の違いは、個別のニュース単位で動くのか、番組単位で動くのか、という点にあると言ってもいい。

この分業体制のため、東京では主に、ニュースの取材にあたる記者たちの部署が連なる「報道局」と、様々な情報・報道番組を担当するディレクターが属する「クリエイターセンター」に、組織が大きく分けられる。地域放送局では規模がグッと小さくなるが、おおむね同じような分業体制がある。

記者は東京の報道局で、いわゆる「出稿部」[9]と呼ばれる社会部や政治部などに分かれる。地域放送局の記者デスクも、どこの部署出身なのかで、関心を持つテーマや内容が変わりやすい。九州は災害が頻発しやすいこともあり、東京の社会部経験のあるデスクが比較的多い印象がある（社会部は事件・事故、災害などを担当する）。

また、記者が地域放送局で報道系の番組を制作する場合には、ディレクターと連携する。ただし、記者が番組に携われるかどうかは、ディレクターとの日頃の関係性や、番組好きのデスクがいるかどうかなど、巡り合わせによるところが大きい。このような体制から、地域放送局での番組制作の機会に恵まれない記者も少なくない。私もご多分に漏れず、そうだった。

「堀さん、ちょっとお話よろしいですか？」

「なんだ、いってみろ」

堀デスクは社会部経験のある記者デスクで、親分肌の人だ。一見、威圧感があるようだが、話してみるとそうでもない。真顔で冗談を言ったかと思うと、大声で笑う気さくな人である。仕事では事細かな指示を出すというより、大枠を作って人を動かすのがうまい。特集の相談をすると、取材の筋を見抜き、そのためにどんな要素が必要か指摘してくれる、独特の嗅覚を持っていた。

「実は61年間服役して、熊本刑務所を出所する人がいまして……」

打診の際には緊張感があった。デスクの反応が悪いと、すぐに次のステップに行くことはできない。「それって何が問題なの？」「何が新しいの？」などと散々言われたあげく、結局、取材が立ち消えになる経験はこれまでに山ほどあった。

しかし、勝算はあった。堀デスクは水俣病の公害問題や外国人技能実習生の労働問題など、いわゆる「社会派」の取材を手掛けてきた。加えて、「昔、俺も刑務所を取材したことがあるぞ」とも話していたからだ。

「何？ 61年、なんだそれは！」

第一声は、純粋な驚きのようだった。

「しかもすでに木村が取材していた、刑務所内の映像もあるんです」

「そうか、わかった。じゃあディレクターもつけて番組だな。今すぐ取材メモをまとめろ」

早い。思っていた以上に、話が早かった。まだ番組の提案文も細かい取材の経緯すらまとめていない、口頭でのやり取りだけで直観したようだ。


後に当時の判断について堀デスクはこう語っている。

「俺は記者から話を聞いて、だいたいのネタの筋がわかる。問題はその筋がわからないときだ」

多くの場合、取材の見通しがあやふやであれば、短い特集にすら採用されない。まして長期取材の番組だ。見通しも立っていないネタに、取材の労力や人員を割くのはリスクでもある。ただでさえ、地域放送局は人が少ない。けれど堀デスクはGOサインを出したのだ。

「筋がわからないネタを〝意味がわからない〟とばっさり切り捨てることもできた。だが、〝なんだかわからない〟と感じたものの中にこそ、〝特ダネ〟が隠れていると俺は信じている」

この判断には感謝しかない。

―取材班の結成

堀デスクやカメラマンも含め、出所の〝Xデー〟に向けて、打ち合わせが始まった。いろいろな部署を巻き込んだ取材体制だ。もう後には引けない。

さっそく取材班が立ち上がった。ニュース部門からは私と木村記者の2人、番組制作部門からは元浦純平ディレクターが参加した。上司からの指示で取材班に組み込まれた元浦ディレクターにとっては、青天の霹靂だったに違いない。彼は民間の映像制作会社のディレクターからNHKに転職。年齢は私や木村記者より上だが、入局してまだ2年目だった。

「正直、無期懲役と言われてもピンとこなかったですね。上司から『ちょっとお前行ってくれ』って言われて、『巻き込まれたな……』というか。それで訳のわからぬまま、出所の日を迎えて」

結果として、事件取材や受刑者取材の経験がなく、引いた目で見られた元浦ディレクターがいたからこそ、取材班はほどよいバランスがとれたのだと思う。こうして固定の取材班として、私、木村記者、元浦ディレクターという3人のチームで動き始めた。関係する取材先の開拓や取材の戦略の構築は私が、前線での取材は機動力のある木村記者が、映像の演出面や番組の構成は元浦ディレクターが主に受け持つことになった。

ただ、大ざっぱな役割意識は持っていたものの、完全な分業体制にはしなかった。取材班といっても専従ではなく、あくまで日常業務をこなしながら、進めねばならない。「働き方改革」をＮＨＫも推し進める中、一人が休んでも、お互いにカバーし合える持続可能な取材体制が必要だった。

そして何より、互いが「お任せ意識」では絶対に良いものは生まれないと思っていた。元来、記者は担当をはっきりさせてネタをとるため、縄張り意識が強い。同じ部署どころか、同じ取材チームでも取材情報をあえて共有しないことさえある。また、大型番組などでは取材班が大きくなれば、上から与えられたパートごとの分業になりやすい。日々のニュース対応で忙しい記者は、必要な情報だけとってきたら、後の番組制作はディレクターに任せてしまうというケースもある。昔は「記者は番組なんてやらずに、ネタ集めだけに回ってろ」と言われた時代もあったそうだ。

だが、一人ひとりが取材の全体像を把握しようとしなければ、こだわりが生まれない。取材班では常に議論し、できるだけ問題意識や現場を共有することが、きっと良い取材と番組につながるはずだ、と考えていたのだ。

―「社長」は〝仁義の男〟

男の出所は、９月４日――。

関係者からの情報で、〝Xデー〟が明らかになった。出所まで残された日数は10日足らず。ここで、最初の大きな壁にぶちあたった。男が出所した後に過ごすことになる、受け入れ先の施設との交渉だ。長期的な取材が見込まれるのであれば、施設の協力は必須条件である。

その施設は、老人ホームでありながら、これまでも刑務所から出所した高齢受刑者などに居場所を提供してきた民間の自立準備ホームでもあるという。ただ、自立準備ホームと言っても、千差万別。どこも冒頭の青木さんの施設のように、取材の受け入れを承諾してくれるとは限らない。正直私は「青木さんのところであれば調整は楽だったのに……」と思っていた。

最初に施設に向かい、交渉をしたのは、最も現場に多く行くことになると思われる木村記者だ。8月26日のことだった。この日は私が別件の予定で同行できず、そのため木村記者は不安そうな様子だったが、戻ってくると落ちついた表情で「取材、いけそうです」と報告してきた。どうやら悪い感触ではなさそうだ。

ただ、一人だけが取材の矢面に立つと、なんらかのトラブルが起きたときに調整がきかなくなり、最悪途中で取材が打ち止めになるおそれがある……。ここは取材班として信頼関係を築いておきたい。後日、2人であらためて施設に向かうことにした。

余談だが、木村記者と私はタイプがかなり異なる。

私はどちらかというと、自分自身が考えて「こういうことが大事だ」と思ったテーマを掘り下げるタイプだ。与えられたことを淡々と進めるだけの取材はどうも苦手で、逆に自分なりに合点がいくと、ガンガン取材を広げられる。よく言えば〝理念重視・理論派〟、悪く言えば〝頭でっかち〟だ。

対照的に、木村記者はたとえ機械的に割り当てられた現場だとしても柔軟に対応ができ、その場所と人情にこだわるタイプだ。見かけもまるで刑事といった風貌で、いわば〝仁義の漢〟とでもいった感じだろうか。本人曰く、「考え方はどちらかといえば保守的」だというが、その場でできた人付き合いを大事にし、そこから取材の面白みを組み立てていくタイプだということだろう。

閑話休題。タイプの異なるこのでこぼこコンビは、現場となる施設に到着した。外見はごく一般的な老人ホームという印象だ。インターホンを鳴らすと、そのまま事務所に案内された。

出迎えてくれたのは、体格がよく、腕っ節の強そうな男性だった。目つきは鋭く、髪はビシッと固められ、黒いシャツにサングラス。腕にはゴールドとシルバーが輝く腕時計。第一印象だけでは「本当にカタギの方ですか？」と突っ込みたくなる。

しかし、この男性こそ、施設を経営する代表であり、私たちが親しみを込めて「社長」の愛称で呼ぶことになる人物であった。

「昔はけっこうやんちゃしてたんですよ、私も」

このとき53歳の社長。逮捕や服役の経験こそないが、若い頃は〝ワル〟だったという。両親は共働きで忙しく、その寂しさを埋めるようにして居場所を求め、暴走行為や喧嘩に明け暮れた。だが、危うく暴力団のトラブルに巻き込まれそうになって「これはマズい」と思いなおし、母の前で「もう悪さはしない」と誓ったそうだ。

落ち着いた話しぶりは、そうした経験に加え、百貨店や保険会社の営業で磨いたコミュニケーションスキルがあるからのようだ。そのスキルをいかして、成長産業としての福祉業界に注目。ビジネス手腕を発揮して、独立するに至った。

施設はこれまでも、出所者を受け入れてきたという。これも最初は、入居者を確保するというビジネスの延長だったと話す。しかし、実家が寺だということもあって、困っている人を見ると放っておけないたちのようだ。

「受刑者といっても、同じ人間ですよ」

元受刑者たちと接するようになると、多くは社会に受け入れ先がなく、困難に直面する中で犯罪を繰り返していることに、気づかされたという。

実は、社長にも挫折した経験があった。30代後半に一念発起して和食レストランの店を開いた。しかし、レストラン経営は3年ほどで経営危機に陥った。同時期に母が病床に伏していたことも重なり、気持ちが弱って、病院のベッドに横たわる母に「もうダメかもしれない」と訴えたことがあった。すると、母は「寝るところさえあれば、人生はやり直せる」と社長に語ったという。レストランは潰れたが、その人脈のつながりで始めたのが、今の介護福祉業だった。

自らも非行に走り、挫折したという経験もあって、社長は失敗には寛容であった。どっしりと構える姿は、懐も深そうである。過去に、入居者の昔の〝仲間〟が施設に怒鳴り込んできたときも、引くことはなかったという。

さて、最初は緊張気味の私たちだったが、社長のスラング混じりの冗談に気が緩み、終始、和やかな雰囲気だった。テレビの取材も、無期懲役囚の受け入れも初めてということだったが、そこは開拓精神旺盛な社長だ。

「無期の受刑者を受け入れる施設があるんだってことを、社会に見せますよ」

最初に訪問したのが木村記者で良かったかもしれない。社長の印象は、〝慈善活動家〟というよりも〝仁義の漢〟。木村記者が接する方が、馬が合うだろう。自分はサポート役に回ろうと、心に決めた。

この会話をきっかけに、私たちと社長は長い付き合いになっていく。

――ついに「そのとき」がやってきた

2019年9月4日。ついに迎えた仮釈放当日。

午前8時半、熊本刑務所の門の前で、私たちはカメラマンとその瞬間を待っていた。

実はこのとき、ある問題が起きていた。実は、事前に熊本刑務所に取材・撮影を打診した際には熊本刑務所は好意的な反応だったのだが、なんとこの日の刑務所内での取材には許可が下りなかったのである。その理由は、熊本刑務所を監督する上級官庁が「取材までの期間があまりに短すぎて判断できない」として認めなかったからだという。受け入れ先との調整も済ませて、撮影を正式に申し込んだのは4日ほど前のことだ。

一般的に行政機関に対する取材は、申し込みの当日や数日以内であっても撮影できるが、刑務所の場合、取材・撮影許可が出るまでに時間がかかる傾向にある。なお、関係者によると、上級官庁からは「NHKが仮釈放の日を知っているのは、情報漏洩にあたるのではないか」と懸念する声もあったという。やはり取材交渉は甘くはない。

結局、熊本刑務所からはこう告げられた。

「敷地内での撮影は許可できない」

しかし、私たちはこの言葉には別の意味があると考えた。

〝敷地内はダメだが、敷地外については何も言えない〟

ここまで、熊本刑務所を含め、保護観察所や受け入れ施設など、いくつもの関係先と調整を重ねてきて、叶った取材だ。取材班のメンツを立ててくれたのかもしれない。

受刑者が収容されている「戒護区域」はセキュリティーが厳しいが、今回は敷地外の公道から職員がいる庁舎の出口をカメラで狙うので、とやかく言われまい。

そして、ついにそのときがやってきた。

刑務所の外に出てきた男は、少しまぶしそうに目を細めた。痩せた線の細い老人。9月上旬だというのに長袖の上着を着ており、特に緩んだ表情も嬉しがる様子もない。刑務官の見送りに対し、軽く一礼して淡々と車に乗り込む。

ただ、その瞳はビー玉のように、キラリと光っているように見えた。

1958（昭和33）年。東京タワーが完成、1万円札が発行され、日本が好景気に沸いた年から61年。

「日本一長く服役した男」の仮釈放の瞬間だった。

第3章

木村

プリゾニゼーションの現実

２０１９年9月4日、午前8時50分頃。

仮釈放された男が、熊本刑務所の正面玄関から刑務官数人と一緒に出てきた。男は車の後部座席に乗り込む。刑務所と福祉施設を仲介する支援団体が用意した車だった。

乗り込む直前、刑務官がなにやら男に声をかけているようにみえた。「元気でな」「頑張れよ」。そんな言葉をかけているのだろうか。刑務所の敷地外にいる私のところまで会話の内容は聞こえてこないが、刑務官の表情は、穏やかな笑顔だった。

一体、男はどんな人物なのだろうか。61年ぶりの外の景色を車内からどう眺めているのだろうか。支援団体が走らせる車を後ろから追いかけながら、私と元浦ディレクターは妄想を膨らませていた。

刑務所を出た支援団体の車は、保護観察所、熊本市役所を経由。道中、食堂での昼食を挟んで、午後には受け入れ施設へと到着した。先述の通りこの施設は、一般的な老人ホームでありながら、刑務所から出所した高齢者などに居場所を提供してきた「自立準備ホーム」でもある。庭先には色とりどりの季節の花であふれた花壇があり、すぐ脇を流れる川では、透き通った水面を魚たちが気持ちよさそうに泳ぐ、のどかな場所だ。

男は車を降り、ゆっくりと自らの足で歩き、案内されて事務所へと進んだ。出迎えたのは職員とあの社長だった。

「荷物はこれだけ？」

社長は少し驚いた様子だった。61年間も刑務所にいた男の荷物が、段ボール一箱にも満たなかったからだ。所持品を見てみると、コップやスプーンなど、ほとんどが生活雑貨。ただ、一つだけ意外なものが出てきた。

それは古びた楽譜だった。年代物なのか、表紙は色あせて茶色い。パラパラとページをめくると手書きの音符や曲目が確認できたが、一部の文字は消えかけている。目を凝らしてよく見ると、表紙にはうっすらと「モダンジャズ　メモランダム」と鉛筆のようなもので書かれた跡が残っている。楽譜は、どうやらジャズの曲のようである。

「楽譜読めると？」

社長が尋ねると、男は静かにうなずくだけだった。男はかつて楽器を演奏していたことがあるのだろうか。社長はどこかそわそわしている男に気を遣っているようで、さらに語りかける。

「今日からここで生活してもらいますけど、何か心配なことはありますか？」

ここで、ようやく男が口を開いた。

「寝るとき、何時頃に寝るのか？」

思いがけない言葉に緊張の糸がほぐれ、社長や支援団体の職員が微笑んだ。

「寝たかときに、寝てよかですよ」

しかし、男の方は真剣である。

「起きるときも、起こしてもらわなきゃいかん」

高齢による持病のため、一人で起きるのが困難なのでは、などと考えをめぐらせていると、支援団体の職員がすかさずフォローした。

「今までずっと刑務所の中で、命令系統でやってきたので、やはり指示がないと動けないんですよ」

その指摘通り、男には刑務所での振る舞いが染みついていることを、私たちは目の当たりにすることになる。

そんな男のことを、私たち取材班は「A（さん）」と呼んだ。

一つには、個人情報漏洩やプライバシーを懸念しての対応であった。普段から本名を呼んでいると、ふとした瞬間に外部に情報が漏れてしまうことを危惧したからだ。また、撮影中に実名で呼んでしまうと、撮影した音声が後で使いにくくなってしまうという事情もあった。

その「A」という名称は、後に〝日本一長く服役した男〟を表す象徴的な意味が込められるようになる。

――「自由が、まだわからん」

Aの行動一つひとつには、刑務所での振る舞いや習慣、そして、61年という刑務所内の時の経過、さらには時代のギャップへの戸惑いが表れていた。

仮釈放された当日の午後。あまりに少ないAの所持品を見かねて、生活に必要な品を揃えに、社長がAを買い物に連れ出したときのことだった。

まず向かったのは近場の衣料品店。Aは興味深そうに店舗にある商品を眺めていた。社長に促されて、服を選ぼうとするがなかなか決められない。興味はあちこちに向き、しまいには近くにいた私の、腕まくりしたワイシャツの袖をさわりながら、「これはどうやってやるのか」と聞いてくる。試しに一から袖をまくって見せると「おお、これがわからんのです」と目を輝かせた。

というのも、刑務所では夏服は半袖、冬服は長袖を着用することが決まっていて、自由に長袖をまくれるわけではない。結局、Aは衣料品店で社長に勧められて、パジャマやズボン、下着や靴下、それに長袖のワイシャツも購入したのだった。

その次に来たのは100円ショップ。Aは店舗に入ってすぐに、立ち止まった。そして、棚にかけてある商品の帽子を手に取るやいなや、ひょいっと頭に被って、そのまま歩き出した。遠目には少し不思議な光景だが、刑務所では着帽の習慣がある。帽子はAの人生になじみ深いもの。だから、ないと落ち着かないのかもしれない。ここでは帽子や洗面具、自室用のゴミ箱などを買った。

この日の買い物で使ったのは、1万円ほど。この費用は、Aが61年の間に刑務作業の作業報酬金として積み立ててきた273万円の中から支払われた。

帰り道の車内、そして施設に戻った後の夕食のとき、Aは購入した帽子をずっと被ったままだった。夕食が終わって部屋に向かおうと食堂から出たとき、Aはようやく脱帽をして一礼した。「ここではそんなことしなくていいですよ」と社長は笑顔で言った。

「Aさん、おはようございます。朝ですよ」

翌朝、午前7時。前日は私も施設の空き部屋に泊まらせてもらい、起床時間に合わせて、施設の職員とともに2階にあるAの部屋を訪れた。扉を開けると、Aは慌てるようにして起き上がり、すかさずベッドの上で正座をした。職員がカーテンを開ける間も、その姿勢のままじっとしている。

第1章でも触れたが、刑務所では、刑務官が朝の点呼に来るのを受刑者は座って待っているのが決まりだ。例に漏れずAもそうだったらしい。施設の職員から「下に行って顔を洗いましょうか？」と言われるまで立ち上がることはなく、1階に降りて顔を洗い終わっても、今度は職員に対し、直立で一礼していた。

この日は秋晴れだった。だが、その澄み切った空とは対照的に、これから始まる社会生活のゆく先は前途多難で、雲がかかっているかのようだった。

無期懲役は有期刑と違い、刑期に終わりはない。たとえ仮釈放されても、保護観察という制度により国の監督下に置かれる。生活には様々な制限があるため、完全な釈放とは言い切れない。刑の効果は死ぬまで続くのである。

Aが出所してもなお、服役を引きずっていることを象徴する会話があった。

食堂にいるAに対して社長が「ここと前にいた刑務所とどっちが良いか」と尋ねたときのことだった。Aは良いとも悪いとも言わず、「これからしばらく考えて、見たり聞いたり習ったりしながら」と答え、「また〝仕事〟かなんかあるんかな、と思って」と続けた。

社長は不思議そうに「仕事がしたいの？」と尋ねる。Aは間髪入れずに「そういうのこここであるんか？」と聞くが、社長は「基本的にはない」と答える。

それもそのはず。高齢者向けに住む部屋をサービスとして提供する老人ホームで、入所者に労働を強いるなど、おかしな話だ。だが、Aは真面目に尋ねているのである。Aのいう「仕事」とは一般的な職業ではなく、「刑務作業」という意味なのだ。刑務作業がない不安をAは訴えていたのだった。

そこで、社長は問いかけた。

「でもその代わり、Aさんに自由はあるでしょ？　今、自由じゃない？」

Aは首をかしげながら答えた。

「自由って言って……まだわからん。どういうのが自由かがね、まだわからん」

そこで、社長は「この場所でゆっくりのんびり生活していこう」と優しく諭したのだった。その言葉にAはうなずきながら、「のんびり……」と独り言のようにつぶやいた。

懲役は、別名「自由刑」とも呼ばれる。受刑者を刑務所に閉じ込め、身体の移動の自由を奪うことが名称の由来だとされる。仮釈放された今のAには、保護観察などの制約はあるとはいえ、一定の〝自由〟が与えられているはずだった。だが、あまりに長い時間、自由を奪われた状態であると、出所した後の変化になじめず、今度は自由が与えられること自体が〝罰〟のようになってしまうのかもしれない。Aにとっては、それぐらいの大きな環境の変化だ。

〝自由が奪われる刑罰から、自由が与えられる刑罰へ〟。そんな皮肉めいた現実が目の前にある気がした。

――謎に包まれた男

仮釈放から1週間、私たち取材班は毎日交代で施設に通い、Aの様子をつぶさに観察していくことにした。だが、長きにわたって染みついた服役生活が一つひとつの行動に表れているようで、Aの主体性や明確な意思を感じとれる場面は少なかった。

【気になる行動の記録】

・他の入所者に話しかけられても、黙ってうなずくだけ。
・職員にサポートされて入浴するが、服を脱ぐタイミングや置く場所に迷う。
・テレビのリモコンの使い方がわからずに、手に持って首をかしげる。
・耳が遠く、歯も抜けていて、口頭での会話が難しい。

・質問しても聞き取れないのか、多くは「わからん」と返事する。
・手書きのメモを示すと、質問の趣旨に沿った回答をすることがある。
・「仕事はないのか」とたびたび聞いてくる。
・几帳面な性格なのかシャツやタオルをきれいにたたむ。
・食事中に「麦飯でないと、白飯は慣れない」と言う。

「プリゾニゼーション（prisonization）」という言葉がある。『新訂　矯正用語事典』によると、次のように記されている。

刑務所化ともいう。拘禁状況への過剰適応の一つと考えられ，感情が平板になり，物事に対する関心の幅が狭くなり，規律や職員の働き掛けに従順に従う。施設・職員に世話をされる状況への順応が，しばしば退行（子供返り）として表れる。無期懲役受刑者において典型的に生じる拘禁反応であるとされ，終わりのない刑に対する諦めの反映と考えられる。[10]

「プリゾニゼーション」「刑務所化」、あるいは俗に「ムショぼけ」などとも呼ばれることもあるそうだが、出所したばかりのAは、まさにこうした言葉を体現したような振る舞いの連続だったと言える。

私たちは毎日、Aの様子を記録しながら、あわせて過去を知るべく、直接話を聞こうと試みた。最初に話を聞いたのは、元浦ディレクターだった。

「昔のことは覚えていますか？」

「あんまり、わからんな」

「小学校は？」

「習っているかもしれん。わからんな。教科書をほとんど見たことがない」

「友達は？」

「あんまりわからんね」

「生まれは？」

「……」

「刑務所ではどんな生活でした？」

「向こうでは……」

会話には応じてくれるものの、Aは戸惑っているのか、あるいは話したくないのか、口数は少なく、話は進まなかった。

会話が難しい中、私たち取材班はAに文章を書いてもらうことで、その心情に迫ろうとも考えた。職員の協力も得てノート1冊を渡し、日記のように記録を書いてもらえないかと促したのだった。

だが、やってみると数日と続かなかった。

なぜなら、Aは文章がほとんど書けなかったのだ。

書かれた文章を理解することはできるようだが、自発的に書くことは難しいようだ。職員から一日の出来事などを試しに書くよう勧められたときも、文字を何度も何度もなぞるようにしてようやくこう書いた。

「ゴハンおいしカつた。洗タク多ミ」(原文ママ)

文章が書けないということは、おそらく刑務所内で日記や記録はつけていないのだろう。家族や知人と手紙をやりとりした痕跡も見られない。教育を十分に受けていないのだろうか。依然として、過去についてはほとんどが謎に包まれた状態が続いていた。

では、毎日接している施設の職員にはAの姿がどう映っているのだろうか。ある女性職員の一人は次のように話した。

「Aさんの印象ですか？　第一印象は〝可愛いおじいさん〟だなって。物静かな感じですかね。でも、こちらの表情に合わせて、にこって笑ってくれるし、優しそうだなと。最初はぎちぎちに固まっていたんですけども、少し慣れてきたみたいで。朝の身支度は覚えてくれましたね。ただ、日中、他の人との会話がないから、退屈させないようにするにはどうするのがいいのかが、今の課題ですね」

Aの日常生活の支援を最優先で考える職員の視点と、Aの人生そのものに迫りたい私たち取材班の視点は大きく違う。だから、その印象や抱える課題も異なっているのも当然だが、私たちは職員と比べて、もどかしさを感じてしまっていた。

――ある一日

仮釈放から10日ほどが経ったある日、私は、社長とAとともに外出する機会があった。この日は忙しく、まずは隣町にある心療内科に向かった。なかなか会話が成立しないAを社長が心配し、なじみの医師に連絡して診てもらうことにしたのだ。

幸い、私も診察に立ち会うことを許可してもらえた。診察では、医師がAに認知症の疑いがあるかを調べるテストを行った。

「100引く7、そこからさらに7を引いて」

「さくら、ネコ、電車、この3つを覚えておいて下さい」

これは、改訂長谷川式簡易知能評価スケールと呼ばれるテストで、日本では最も広く利用されている認知症の検査方法だ。[11] 記憶力や頭の回転速度を測るような問題が次々と出されていく。

Aは少し時間を使いながらも間違えることなく質問に答えていった。その一方で、「お腹は空いていませんか」などといった質問に対しては、回りくどい答え方をした。

診察を終えて医師は、Aの認知機能について、割としっかりしているが高齢に伴う認知機能の低下がみられるため〝みなし認知症〟程度だと診断した。

あわせて、こうも指摘した。「会話で思考がまとまりにくいことから、考えと行動が一致しない傾向があるのではないでしょうか。統合失調症とまでは言い切れないが、軽度の症状がありそうです。ただ、薬が必要とまでは言えません」と。

次に私たち3人は近くのスーパーマーケットへ買い物に行った。Aが自力で買い物をできるように、訓練をするのが目的だった。

店舗に入って早々、社長は「少し見ていて下さい」と私に伝え、その場を離れてしまった。本来、取材者である私は、Aの世話をする役ではない。かといって、高齢のAを放っておくわけにもいかない。仕方なく、社長の代わりに買い物かごが入ったカートに手を添えて、「社長が戻ってくるまでここにいましょう」とAに言った。

しかし、Aはそんなことはお構いなしに、トコトコと店舗内を歩き回ってしまう。さすがに目を離すわけにはいかないので一緒に付いて回ると、Aは菓子類のコーナーで立ち止まる。「ほぉ」と言いながら、興奮した様子で菓子を手に取り、カートのかごに入れていった。Aは同じ菓子の袋を何個もかごに入れようとするため、私は別の菓子を買うよう勧めたり、値段を確認したりするよう伝えていた。

「保護司みたいですね」。ちょうど戻ってきた社長が冗談を交えて声をかけてきたときは、苦笑いをするしかなかった。

買い物でAは終始、菓子類のコーナーを中心に見て回っていた。結局、この日に買ったのは、まんじゅう、かりんとう、ふ菓子の3つ。この様子を見て私は、刑務所で聞いたことを思い出していた。「受刑者は甘い物への執着心が強いんですよ」という話だ。

刑務所の食事は、栄養バランスは考えられているが、決して贅沢なものではない。中でも、甘い食べ物全般は「甘シャリ」と呼ばれ、普段の食事でたまに出されたり、自前で菓子などを買って食べたりする機会はあるが、希少なものだ。それが理由なのか、はたまた閉鎖的空間のなかでストレスがたまるのか。とにかく甘い物に執着するようになるという。[12]

買い物を終えた私たち3人は、施設に戻る前に少し遅めの昼食を外でとることにした。向かった先は、社長が10代の頃から来ていたという古い食堂で、ラーメンやうどんなど麺類を中心に出している店だった。Aが「ラーメンはどこで食べられるのか？」と社長に聞いてきたため、連れてきたのだ。

店に入り、社長が「何を食べたい？」と尋ねると、Aは壁に掛かったメニューの札を見て「たまごうどん」と答えた。ラーメンじゃないのか、と一瞬口に出しそうになったのはさておき、私はこのとき、別のことに驚かされていた。これまでのAは、したいことや、やりたいことなどの意思表示が乏しかったからである。社会の生活や社長との接し方に、少しずつ慣れてきているのかもしれない。

加えて、一日中密着しているから、さすがにAも私を少しずつ認識してくれているようであった。

「これなら、本人から何か話を聞けるかもしれない」

私は取材の手応えも感じながら、Aの横で社長イチオシの〝ちゃんぽん麺のようなラーメン〟をすすった。

――対話を試みるも……

仮釈放から2週間。私は淡い期待を胸に、施設内のAの部屋を訪れ、話を聞くことにした。

部屋に入って少し話がしたいと伝えると、Aはすかさず壁際に置いてあった椅子を、私が座るために持ってきて、自分はベッドに腰掛けた。思いも寄らない心遣いに、私は少しばかり動揺した。

「散歩したんですか？　良かったですね」

「散歩、ああ」

どこかそっけない答えをして、Aはベッドに置いてある買い物袋をごそごそと漁り始めた。そこには別の日に外出して購入した、チョコパイや栗まんじゅうなどの甘い物が入っていた。

「甘い物、好きですか？」

「こういうものは長い間買っていないから、余計わからん」

「前にいたところでも、甘い物食べました？」

「この前は、かりんとうを買っただけやから、栗まんじゅうはなかった」

緊張感を持たせぬよう、身近な話題にまずは触れ、それからこの2週間の生活について尋ね、次第に過去や事件に踏み込もう。そんな作戦を頭に思い描いていた。

「ここに来てから2週間が経ちましたけど、どうですか？」

「2週間じゃわからん」

「生活はどうですか？」

「うん、まだ」

「慣れていないですか？」

「慣れていないから、どうもまだ、わからん」

「何がわからないですか？」

「生活の仕方がわからん、働かんから全然わからん」

「でも、もう働かなくてもいいんですよ？」

「それを言われるから余計わからん！　無駄なこと聞くんやけん！」

　Aは突如、声を荒げた。気を遣ったつもりだったが、逆に困惑させてしまったようだった。あまりにも突然のことに、私は一瞬ひるんでしまった。

「わからん」を繰り返すA。何がわからないのか、私にもわからないのだが、少なくとも嘘をついているようには見えなかった。半世紀以上服役して、突然社会に戻ったのだ。当然といえば当然である。Aは何も知らない子どものようだった。

とても過去の事件について聞けるような状態ではなく、取材が思うように進まない焦りも募る。社長なら何か聞いているのではないだろうか。そう思い、話を投げかけてみた。

「贖罪意識について話をしましたか？」

「そんなこと、していないです」

あっけなく、当ては外れた。

「なぜですか？」

くい下がって、ぶしつけに問いかけると社長はこう話した。

「する必要がないからです。私は今ここでそういう立場じゃありません。ここで私に与えられた使命は社会復帰させることですから。罪を問い詰めることじゃないですもん」

確かに、社長に求めるのは筋違いというものだろう。

「向こうから話したら話は聞きますよ。でも、こっちから『あなたはこんなことをしたんだから』って、過去を責めても仕方ないでしょう。今からを見ていかんと。どういう人間だってそうでしょ。君、中学時代・高校時代ヤンキーで暴走族だったでしょ、なんて過去のことをいろいろ言われても始まらないでしょ。今からが大事なんだから。今からどうしていくかなんだから」

私たちの中には、どこかで、「仮釈放された無期の受刑者なら反省しているはずだ」という先入観があり、罪と向き合っているという〝事実〟を本人の口から引き出そうとしていたのかもしれない。だが、まずは一人の人間として接しなければ、本当の対話は始まらない。社長に諭された気がした。

ただ、この2週間の時点での社長の態度と姿勢は、後に大きく変化することになる。

― 切り札はジャズだった

多くを語らないAと、まずは同じ目線で話ができないか。Aが自ら話したいことや興味があることは何だろうか……。ごく限られたAの情報から頭をひねった。

「あっ、あったじゃないか、好きそうなもの！」

私は荷物の中にあった、それを思い出した。古びた楽譜。ジャズだ。

ただ、悲しい事実に直面した。私たち取材班には音楽に長じた者がいない。私にいたっては、中学時代に音楽の教科の通知表は5段階評価で「2」だった。ジャズと言われても頭に浮かぶものは、せいぜいトランペットくらい。

もちろん演奏者の名前など頭に浮かばないので、とりあえず私は手元のスマートフォンで昔のジャズ奏者を検索し、試しに目に付いた名前を読み上げるようにして、Aに尋ねた。

「デューク・エリントンって知っていますか?」

するとと、思わぬ反応が返ってきた。

「ああ、エリントンはな、エリントン楽団っていうのを持っているんや」

「知っているんですか?」

「楽団を持っていてな。だから、ぜんぜん、わからん」

やっぱり、いつもの「わからん」か……。落胆しかけたそのとき。

「マウスピースというのがあって、それを吹いて演奏するんや。楽器も種類がたくさんあって……。昔の踊りと今の踊りは全然違う。昔はステップを踏んでいたが、今は手や頭でぐるぐる回ることもあるらしいから、考えただけでも恐ろしい」

「あの、Aさん……」と話を遮ろうとするが、Aは話をやめる気配がない。妙なスイッチを押してしまったのかもしれない。話の意味はほとんどわからなかったが、Aが音楽に関心があり、興奮して語ったということだけは確かだった。


後日、元浦ディレクターと杉本記者、そして私の3人は、Aとどのように対話を進めていくべきか作戦会議を持った。

「質問してもうまく通じない」「ノートに文字を書くと質問の意図は伝わっているようだ」

「音楽の話は食いついてきた」。最初は、これまでの取材で得られた感触をざっくばらんに報告し、議論を始めた。話の中で、杉本記者が「ジャズを一緒に聴いてみようか？　会話の糸口になるかもしれない」と提案。そこで私たち3人は、物は試しと、とりあえず一緒にジャズを聴く準備に取りかかった。

まず私はAの持っていた「モダンジャズ　メモランダム」と書かれた楽譜の全ページを写真におさめ、判別を試みることにした。数えてみると楽譜には、全部で42曲がおさめられている。曲目や演奏者、音符など文字の一部はすり切れて読むことはできないが、残された演奏者の名前から曲目を、反対に曲目から演奏者の名前を割り出すといった形で、曲目と演奏者の名前を一つひとつ判別していった。元が手書きなのか字体には癖があり、アルファベットそのものを判別することが難しいページもあったが、他のページが一度判別できると、何の文字が書かれているかが推測できるようになった。この地道な作業の末、私は曲目と演奏者のリストを作り上げていった。

そして、できあがったリストをもとにして演奏者の名前をインターネットで検索していくと、セロニアス・モンク、ソニー・ロリンズ、チャーリー・パーカー、ホレス・シルヴァーなど、ジャズ界の重鎮たちの名前が出てきた（後で知ったことだが）。

さらに書籍なども参考にしながら調べていくと、Aの持っていた「モダンジャズ　メモランダム」は、どうやら1950年代前後のジャズの曲目がメインの楽譜のようだった。

なお、さらに調べてみると、日本におけるジャズの広がりは、戦後のアメリカによる占領と密接な関係にあった。1950年代末まで「ジャズ」という言葉は「アメリカから入ってきた大衆音楽全体」を指して使われることも珍しくなかったそうだ。[13]

Aはまさに〝戦後文化の生き証人〟といったところだろうか。

ここまで来たのであれば、後は最終準備だ。杉本記者はレンタルショップでいくつか50年代前後の曲が収録されているジャズのCDを借り、元浦ディレクターはCDプレーヤーを用意。私はトランペットやトロンボーンなど、様々な種類のジャズの楽器の写真を1枚1枚プリントアウトしてきた。

施設に向かう車内、私たち3人は意気揚々と、ジャズの曲を流しながら向かった。「これが、マイルス・デイヴィスですね！」などと、付け焼き刃でしかない知識を確認し合い、陽気なジャズのリズムに耳を傾けながら、Aがどんな反応をしてくれるのか、3人とも胸が高鳴っていた。

施設に着くと、いつものようにAの部屋を訪ね、まず私が横に腰掛けた。

「この前、お話ししたときに音楽の話をされていたじゃないですか。こういうの、見覚えあったりします？」

さっそく本題に入る。手には楽器の写真だ。Ａはじっと見入っている。

「見覚え、ありますか？」

期待で高まる感情を押し殺しながら、私は質問を重ねた。すると、Ａは奪うようにして写真を手にとり、数枚の写真を見比べた後、口を開いた。

「これはどっちの方だろうかな？　バリトンか、サックスでも、テナーか。これはトロンボーンだろうか。これにはマウスピースもある。サックスでも全部マウスピースがある。トランペットにもあるし」

やはりジャズには、何かある。

「なぜ楽器に詳しいんですか？」

「これはちょっと昔、習っていたから」

私たちは、目を丸くした。これまでになくはっきりと、Ａの口から、過去が語られようとしている。はきはきと楽器の違いについて語り出すＡ。隣で話を聞いていた私が一瞬、驚きから瞳を大きく見開く様子も、カメラが逃さず捉えていたことは、後にＶＴＲを見てわかったことだ。

「どの楽器を習っていたんですか？　覚えていますか？」

「私はサックスかな。音合わせをどうするかや」

サクソフォンの写真を手に持ちながら、Aは大きく腕を動かした。そこにまるで、広い空間でもあるかのように。

「お客さんの様子を見て演奏するんや。いろんなパーティーで、歌う人でも、歌う人は隅の方に行って、演奏者をまた隅の方において、また別の人が踊る。教える人もいる。一杯飲みながら、酒も発散しながら、扱うんや」

楽器の写真を見せただけでこの反応だ。曲を聴かせたらどうなるのだろうか。

期待に胸を躍らせながらCDプレーヤーにCDをセットしようとする私たち。しかし、Aの口から思いがけない言葉が出た。

「CDは、つまらん。LPでないと」

えっ……。えるぴー⁇

耳なじみのない言葉に、私たちは3人とも呆気にとられ、互いに顔を見合わせた。

「LP」とは、ロング・プレイングの略。直径12インチ（約30センチ）、長時間録音できるようにしたレコードの種類をいう。1948（昭和23）年にアメリカで最初に、日本では1951（昭和26）年に初めて発売されたものだ（これも後で知ったことだ）。

誤算だった。まさかレコードの音を求められるとは思わず「そっちかぁー！」と心の中で叫んだ。１９９０年前後に生まれた私たちの世代にとっては、ＣＤで音楽を聴くことはあっても、今やスマートフォンでの視聴が主流。時代の壁の厚さを感じざるをえなかった。しかし、せっかく準備してきたのだから、とにかく聴いてもらいたい。

「聞こえますか？」

ＣＤに興味を持っていないＡを横目に、やや強引に曲を再生した。だが、Ａは。

「音を低くせないかん。あんまり響きが良くない。ぼわーっと動物が吠えているように聞こえるわ」

なかなかに辛口の批評である。

「わしはカラオケでも離れて聴いている。離れた方が響きが違うんや。これじゃ、あんまり安音よ、ははは」

そこまで言わなくても……。あまりに手厳しいＡの意見に、意気揚々とやってきた私たちが惨めに思えてきた。なお、「どこでカラオケを？」と思われるかもしれないが、刑務所では時に行事として、カラオケ大会が開かれるのである。

せめて聴きやすいようにと、私が部屋の扉を閉めようとすると、

「開けて聴かなきゃ！　エコーが違う!!」

Aにダメ出しされる始末となった私たち取材班だった。

――「罪の意識」が意味するものは

予想外の反応に戸惑ったが、本来の目的を見失ってはならない。どんな形であれ、Aは過去の記憶とその感情の一部を私たちに見せたのだ。事件について聞くなら、今しかない。そう判断した私たちはAに意識を切り替えてもらおうと、質問者を私から杉本記者に交代した。

杉本記者がすぐに会話を始めると、Aの口からはある言葉が飛び出した。

「今度、命日に行かな、いけん」

手をすり合わせ、何度も拝むようなポーズをしてAは語った。

「命日」とは間違いなく、事件の被害者の命日のことだろう。

Aとの会話は、徐々に意識が話題の中心からそれる傾向にある。一度つかんだ話題から意識をそらさないように、間髪を入れず、詰めていくしかない。

「何の命日ですか？」

杉本記者は続ける。Aも間を置かず答えてくる。

「死んだ人の命日」

それはそうだろう。生きている人の命日はない。聞き方が悪かったか。

「誰の命日ですか？」

「それは私の〝あれ〟の命日」

「〝あれ〟とは？」

「私自身の被害者の命日。なんかこう……、あった。その人の命日」

Aは確かに「被害者」という言葉を口にした。そして、その流れで、手で刃物のようなものを持つポーズをとって、刺すような仕草をカメラの前で見せた。

これで少なくとも、何らかの事件を起こした自覚はあるということはわかった。

「何をしたことでの命日？」

「死んだ人、殺したとかなんとか、そういうの……」

「事件のことは覚えていますか？」

「事件のことがまだわからんのや。いつ頃あったのかもわからない」

これが限界なのだろうか。杉本記者は質問を続けている。しかし、どうにも意識が離れてしまったようで、その後、会話がかみ合わなくなり始める。結局、事件についてはそれ以上、聞き出すことができなかった。

果たしてAに「罪の意識」があるといえるのか。取材の仕方が悪いと言われればそれまでだが、正直なところ「ある」と答えるのは難しいように思えた。

なぜこうなってしまったのか。61年という月日がそうさせたのか。そもそも、なぜ61年も服役することになったのか……。

これ以上、直接Aに聞き続けるだけでは先は見通せない。2か月近い密着で取材班にも疲労の色が見えはじめる中、私たちは次の一手を打つことにした。

第4章

杉本

裁判記録、その入手までの長い道のり

残念なことに、「わからん」がAの口癖だ。

嘘をついたり、言いたくないというよりかは、思考が混乱したり、ストップしたりするタイミングで発せられるような感じで、いつも少し困ったような顔をしてそう言うのだ。私たちもなんだか問いかけ続けるのが、申し訳ない気持ちになってくる。

A自身が語る過去は、ごくわずかだった。まるで考古学者が、ほとんど跡形のない遺跡の発掘現場に佇んでいるような記憶の世界。ただ、幸い私たちはその〝遺跡の見取り図〟だけは入手することができていた。

取材を始めて少しした頃、木村記者が報告にやってきた。手にしていたのは数枚の紙だ。なにやら履歴書のような体裁で、細かい文字が並んでいる。いわゆる「内部資料」だった。内部資料というのは個人情報が満載で、通常は〝部外秘〟のため、表だったルートから取材しても入手することはできないものだ。だが、ここが記者の腕の見せ所。個別に関係者と接触し、秘密裏に情報提供を求める。こうした裏ルートで入手した情報はファクトの根拠として使えるが、明確なソースを明かすことができない。情報源の主、つまり〝ネタ元〟の身を守るためだ。

これは「取材源の秘匿」といい、記者にとって最重要の倫理といっても良い。各社の事件報道などでしばしば使われる「(捜査)関係者によりますと」という抽象的な表現は、この「取材源の秘匿」のためである。今回の資料も、普段から様々な現場で地道に関係を作り、信頼を得てきた木村記者だからこそ、提供してもらえたのだろう。

その資料は、どうやらAの仮釈放の手続きを進めるにあたって作成され、関係機関の間で共有されるものらしい。Aの大まかな経歴がプロファイルされていた。生まれ、家族構成、就労先、健康状態や生活能力、過去の犯罪歴などの、必要最低限の情報が書かれている。そして、問題の事件の概略も数行、記されていた。

〈犯罪の概要〉
昭和31年○月○日、男は強盗殺人事件を起こした。場所は岡山県。共犯者の少年とともに金目的で女性を襲った。共犯者と打ち合わせ、男が実行犯ということ。女性は死亡し、男と共犯者の少年は、強盗殺人の罪で無期懲役に服している(表現を加工して記載)。

これこそほしかった情報だ。特に取材を広げるには、事件の正確な日付と場所はマストだ。ただ、全体として見ると内容が必ずしも明確ではない。61年という、あまりに長い時間が経過しているせいか、行政文書にもかかわらず、所々表記の揺れや情報の曖昧さがある。

ともかく私たちはこの〝見取り図〟から出発するしかなかった。

――資料漁りから見えた、事件の一部始終は……

情報を確認するにも、通常の事件取材のように警察署に行って事件の顛末を教えてもらえるわけではない。自力で情報収集を進めるしかなかった。

取材班がまず探したのは、当時の新聞記事だ。強盗殺人のような重大事件であれば、必ず新聞に掲載されているはずだ。

向かった先は、図書館だった。古い記事でも数十分の一に縮小撮影され、マイクロフィルムに資料として保管されていた。ただ、これを見るのは気が滅入る作業だった。

マイクロフィルムは一度に3つしか借りることができなかった。これを専門の機械にセットして、該当しそうな時期の新聞をしらみつぶしに見ていく。機械を読み進めるには、手作業で機械のハンドルを回し、読み取りフィルターに映る画面を一つひとつ見る必要がある。

　フィルムの年代は検索できるが、記事のキーワードを検索することは難しく、検索できても肝心のフィルムが見つからない場合が多かった。関連しそうな記事を見つけては、その都度、図書館内のパソコンのシステム上に保存し、コピーを取りに行く。そしてまた新しいフィルムを借りる。この繰り返しだった。

　初めての作業に戸惑ったが、数時間見ていると徐々に慣れてきた。そんなとき、大きな見出しを発見した。


「路上で人妻殺さる　売上金は無事　閉店して帰宅途中」


　これだ！

　ようやく見つけた記事には、ありがたいことに現場付近の地図や当時の写真も載っていた。今では使われないような「人妻」という表現が紙面に掲載されているのを見て、どこか時代を感じた。その後も地道な作業を続け、見つけた複数の記事などを総合すると、事件の次のような一部始終が見えてきた。

Aには以前から盗癖があり、事件前にも繰り返し少年院に入っていた。少年院を出た後、岡山市内の更生保護施設である寺に寝泊まりしていたが、住職によれば、「Aは真面目に仕事を探す様子もなかった」という。その寺でAは一人の少年に出会う。

年の瀬、金に困っていた2人は、少年が働いている精肉店の売上金に目をつけた。売上金を持った店主の妻が夜道を帰るところを狙い、金を脅し取る計画を立てたのだ。少年は精肉店にあった包丁を持ち出し、顔が知られていないAに渡した。

犯行当日の夕刻、Aは店主の妻がいつも通る帰り道で待ち伏せ、見張り役の少年の合図を待った。彼女が当時4歳の息子を抱きかかえながら、急ぎ足で通り過ぎようとしたとき、暗がりから飛び出した。そしてAは包丁を突きつけ「早く金を出せ」と脅した。しかし、女性がすぐに応じなかったため、Aはいきなり女性の右首あたりを切りつけた。

女性が大声を上げ、子どもが泣き出したため、慌てたAはカバンに入った2万3000円の売上金を奪うことなく、その場から逃走。女性は刺し傷からの出血のため、亡くなった。子どもが泣きながら自宅に帰ってくる様子を、精肉店の店主である父親が発見した。

その夜、Aは逃走を続けていたが、岡山駅の待合室で夜を明かし、翌日、付近を学生服姿でうろついていたところ、警察官に捕らわれた。共犯者の少年は、直後は何食わぬ顔で事件のことを報道陣に語るほどだったが、Aが捕まると隠せなくなり、犯行を自供したという。

見ず知らずの女性を子どもの目の前で切りつける、残忍な犯行だった。

ある記事によると、逮捕直後、Aは警察官からの取り調べに対して「不敵な笑い」を見せていたという。これだけ見れば、恐ろしい犯人像だ。

一方、別の紙面では、学生服姿でうなだれている男の写真とともに、供述内容が詳しく記載されている。


昨日の晩は、岡山駅にいたが、一晩中眠れなかった。新聞をみるまで○○さん（筆者注：被害者）が死んだのを知らなかった。お金が欲しかっただけで殺す気はなく、包丁を見せただけで金がとれると思っていたが、相手が驚かないので、これでは金がとれぬと思い、夢中で斬りつけてしまった。


記事によれば、Aは警察の取り調べに対し「大変なことをして申し訳ない」とうなだれていたという。こちらはなんとも弱々しい。

しかし釈明したところで、何の落ち度もない女性に金目的で襲いかかり、さらにその子どもの目の前で切りつけて殺害したという結果は重大であると言うほかない。共犯者の少年にとっては、女性は職を与えてくれた恩人であり、恩を仇で返すような所業にすら思える。

結果として2人には無期懲役の判決が言い渡された。このときAは21歳、共犯者の少年は19歳だった。記事によれば、「未成年者に無期懲役が言い渡されたのは戦後岡山県内ではあまり例がない」という。なお、この共犯者の少年については、現在も服役しているのか、そもそも生きているのかすら、不明なままである。

――〝時をかける〟地取り取材

ある日、施設から連絡が入った。Aの所持品から思わぬものが見つかったというのだ。それは、古い写真だという。木村記者が社長の元に話を聞きに行った。

「どういう経緯で見つかったんですか？」

「本人がポケットに入れとったんですよ」

「どこのポケットに？」

「ジャンパーに」

見せてもらうとそれは、白黒の写真だった。

そこには、黒い学生服を着た男が一人写っていた。がっちりとした体つきに、むすっと

Ａのジャンパーから見つかった写真

した表情で、視線は正面をまっすぐ見つめている。詰め襟の、いわゆる学ラン姿。ボタンは襟元のホックまできちっと留められていて、年齢は顔立ちから10代後半ぐらいに見える。髪型は、頭のトップが少しもさっとしているが、左右は刈り上げられている。眉毛も整えられ、不精ひげもなく、清潔そうな印象だ。おそらく証明写真やプロフィール用の写真として撮影されたのではないかと思われる。

Ａにこの写真について尋ねてみると、こんな答えが返ってきた。

「これは私自身や。高校生のあれや」

Ａが高校に通っていたという記録はないものの、もし本当に写っているのが本人だとすれば、過去を知る上で貴重な手がかりになる。そう思ったのだが、その後はいつもの調子で「わからんな」といい、詳細までは不明なままだった。だとすれば、この写真を持って次の取材に移らなければならない。

師走。私たちは事件取材の基本に戻ることにした。現場である。熊本駅からおよそ2時間半。元浦ディレクターも含めた取材班の3人は、新幹線から降りて、岡山駅にいた。そこは熊本駅よりもずいぶんと広く、きょろきょろと見渡してしまう。かの桃太郎伝説で有名な地。名物の「きびだんご」がお土産にほしいところである。現場近くで住民らに聞き込みをする取材手法は、記者の間では「地取り取材」と呼ばれる。これまで殺人事件の現場周辺や、熊本地震の被災地などで地取り取材をして回ったことはあるが、半世紀以上前の事件となるとさすがに初めてだった。

調べられる期間はせいぜい2、3日。なにせ他の業務をなげうっているのだ。幸い新聞記事から事件現場のおおよその場所は見当がついていた。現場近くは大通り沿いに昔ながらの商店が並び、中には100年以上前から続く老舗もある。裏手に入ると、閑静な住宅街が続いていた。

手がかりは、新聞記事の情報と、あの1枚の写真だった。

昔からありそうな商店や住宅に的をしぼり、手分けして1軒1軒訪ね歩いた。しかし、

「見たことないね」

「そんな事件があったような気がしますな」

61年という年月は、記憶も地縁も失わせるには十分な時間なのか。

加害者であるAについての情報はなんらわからなかったが、それでも地道に聞き取りを続けていると、被害者の女性について、事件現場の近くに住む複数の人たちから断片的に話を聞くことができた。正確かどうか定かではないが、聞いた話を総合するとこうである。

・被害者の夫が営んでいた精肉店は、もうなくなっている
・被害者の女性の夫は再婚し、元の家に住んでいたようだ
・自宅だった建物には、今も人が住んでいるらしい
・近所付き合いはほとんどない

実際、現場近くに被害者の女性とその夫が住んでいたという家があることがわかった。近くまで行ってみると、生活感があり、空き屋のようには見えない。聞き込みの通り、今も誰かが住んでいるらしい。軒先には古びた表札。そこには、新聞記事で目にした被害者と

同じ名字で、その夫の名前がフルネームで掲げられていた。

被害者にかかわる取材というのは、いつも心苦しい。まして60年以上も前の事件について、聞かせてほしいと急に取材に訪れた我々に対して「はい、どうぞ」とはいかないだろう。緊張のなか、木村記者がインターホンを押した。

「……」

ガラガラという音とともに、引き戸が開いた。目の前には50〜60代ぐらいとおぼしき男性が立っている。

「あのう、NHKなんですけど、実は今……」

「うちは結構です。忙しいので」

ピシャッ。取材の趣旨を話す間もなく、扉を閉められてしまった。

理由はともかく、一度断られた場合、すぐにもう一度開けてもらうのは難しい。ここは、いったん引いて時間を空けるしかないだろう。

だが、もう一度取材班が訪れたときには、住民に会うことはできなかった。私たちは、千載一遇の機会を逃してしまったのかもしれない。この訪問の重要性を私たちが理解するには、あと1年待たねばならなかった。

これ以上、新たな情報は得られないのだろうか。もう諦めようかと思いかけた頃、一人の男性に出会った。現場付近の理髪店の店主が、当時のことを覚えていたのだ。69歳の店主の男性は営業中にもかかわらず、店を出て現場を案内してくれた。

「現場は……、ここですかね。ここに橋があったんですよ。で、奥さんが逃げて、ずっと向こうの方に行って亡くなられたんですよ」

住宅街の間にある200メートルほど伸びるまっすぐな道路で、男性は方向を指さしながら当時のことを振り返ってくれた。私たちは、さらに質問を続けた。

「刺されて逃げようとしたのでしょうか？」

「そうそう、刺されて逃げて、あそこの電柱あたりに倒れて亡くなられたみたいですよ」

しかし、なぜこうも詳しいのか？　素朴な疑問を抱いたが、男性はふとこう言った。

「私、○○さん（被害者）の子どもと同級生だったんですよ。お姉さんの方ね」

お姉さん？　私たちは顔を見合わせた。被害者に息子がいたという話はあったが、娘がいるという話は初耳だった。

新たな情報。被害者には、息子のほかに、娘がいた。仮に当時の夫が高齢で亡くなっていたとしても、子どもはまだ存命の可能性がある。この同級生の店主の年齢から計算すると、娘は当時7〜8歳、現在は69〜70歳ぐらいになるだろうか。ただ、店主も高校卒業後は会っておらず、今はどこにいるかまでは知らないという。

すでに夕刻。取材はそろそろタイムリミットだった。

「裏取り」は十分か？

岡山に行ったのは、地取り取材の他に実はもう一つの目的があった。

少し時間はさかのぼる。新聞記事の入手後、私は肝心の事件の事実認定について、一抹の不安を覚えていた。

情報の「裏取り」はこれでいいのか——。

当時の新聞記事を信頼していないわけではないが、記者としては公的な記録や複数の情報筋で事実を確認しておきたい。他に確認する方法はないものか……。思い悩んでいたとき、ふと、以前聞いたある講演を思い出した。

「刑事裁判の記録は、誰でも見られるんです！」

たまたま参加した、「報道実務家フォーラム」という記者・編集者向けの講習会。講演していたのは、長年、記者として事件や裁判の取材を続けてきたＮＨＫの解説委員、清永聡さんだ。調査報道の手法の一つとして、裁判記録の活用法を紹介していた。

講演によると、刑事裁判の判決文や供述調書などの記録は、検察庁に申請することで誰でも閲覧することができる。当事者や弁護士に限った話ではなく、制度上は文字通り「誰でも」だというのだ。

これには目から鱗が落ちる思いがした。1年目の新人のときに裁判取材を担当したことはあるが、判決文を手に入れるのは、判決直後でさえ、手間がかかるという印象だった。事前に裁判所に判決要旨を申請しておくか、あるいは弁護士から提供してもらうぐらいの方法しかない、と思っていたのだ。

清永さんは以下のように説明していた。

「誰でも見られる根拠は法律にあります」

刑事訴訟法　第53条

「何人も、被告事件の終結後、訴訟記録を閲覧することができる」

刑事確定訴訟記録法　第4条

「保管検察官は、請求があつたときは、保管記録を（中略）閲覧させなければならない」

検察庁というのは秘匿性が特に高い機関で、普段の取材の中でも私にとっては近寄りにくい場所というイメージがあった。果たしてそんなに簡単に情報を出してくれるのか。

私の疑問に答えるように、清永さんはこう指摘した。

「検察庁の記録係は人手不足もあり、当事者ではない第三者による閲覧の申請を窓口で諦めさせようとします。これは〝水際作戦〟です」

清永さんによると、申請のポイントはこうだ。

・アポイントは不要
・なんと言われようが、窓口でとにかく申請書を出すこと
・その際、検察に有利になるような揺さぶりに安易に乗らないこと
・出しさえすれば、法律の手続き上、検察はなんらかの対応をせざるを得なくなる

清永さんが言うように、もし当時の裁判記録が残っていて、誰でも見られるのであれば、公文書というこれ以上にない〝裏付け〟になる。

しかし、いくらなんでも60年以上前の事件の記録は保管されていないのではないのか。疑念はあったが、法律の原文を読むと明確に規定があった。

有期の懲役又は禁錮に処する確定裁判の裁判書　「五十年」

死刑又は無期の懲役若しくは禁錮に処する確定裁判の裁判書　「百年」


無期は、100年。それなら、まだいける！

刑事裁判の記録は、一審の裁判所に対応する検察庁に保管される仕組みになっているという。私たちは清永さんのマニュアル[14]を頼りに、当時、事件を管轄した岡山地方検察庁に向かった。

――検察庁の〝水際作戦〟？

岡山取材2日目の朝。

私と木村記者は身構えながら、岡山地方検察庁の庁舎へと足を踏み入れた。講演とマニュアルにあった通り「アポなし」である。

手順通りに受付で記録係を呼ぶと、しばらくして出てきたのは、男性と女性の職員だった。記録係の部屋ではなく、1階ロビーの隅の部屋に通される。白っぽい椅子や机が並ぶ、なんとも無機質な空間だった。

やや緊張しながらも私から話を始めた。

「NHKの杉本と申します。実は私たち、熊本から来まして、岡山は初めて来たんですが、いいところですね」

名刺を渡しながら、雑談をしつつ、相手の出方を慎重にはかる。相手もこちらが記者だということで、どこか警戒をしているように見えた。

すると、男性の職員が本題を話し始めた。

「要件はなんでしょうか？」

「はい、ある昔の事件について調べていまして。今日は刑事確定訴訟記録法に基づく刑事裁判の記録の申請に来ました」

「事件というのは、いつのものでしょうか？」

「実は、無期懲役の事件で、もう60年以上も前なんですが」

ここで女性の職員が口を挟む。

「無期懲役の保管記録は50年間ですよ」

これは揺さぶり？　清永さんが話していた、噂の〝水際作戦〟か。事前に調べてあった情報で、反論する。

「いいえ、無期懲役の記録の保管期間は１００年のはずです。法律の文面にそうありますよね」

「あれ、そうでしたっけ？」

こちらが間髪を入れずに言葉を返すと、落ち着きを払っていた女性職員がやや動揺して見えた。

「では申請書類を持って来ますね」と言い、男性職員は一度席を離れていった。5分程待っただろうか。職員は、書類を持って戻ってきた。

「ちょっと調べましたが、記録はないかもしれないです」

男性職員が言い放った。再び揺さぶりか。不安がよぎる。だが、ここで押し負けてはいけない。「法律の保管期間が経過する前に、公文書である記録を破棄していたら、問題じゃないか！」と思ったが、ここではグッと堪えて、筋論で行くことにした。

「とにかく書類を書いて提出するので、調べて下さい。文書がないようでしたら、〝不許可〟にして書面で回答を下さい」

そう言って、手続きを先に進めた。申請書はわずか1枚。裁判を受けた被告人の名前や刑が確定した日付などを記入していく。一部書くべき内容が把握できていない項目もあったが、わからないところは空欄でもいいとのことだった。

閲覧することができる内容は2つ。「1．被告事件についての訴訟の記録」と「2．被告事件についての裁判書」だ。閲覧する内容に○をつけようとしていると、再び男性職員が声をかけてくる。

「判決文だけでしたら、2だけでいいですよ。1もいりますか？」

ここは重要なポイントである。判決文を含む2の「裁判書」だけでなく、論告や証人尋問、被告人質問などの記録も含む、1の「訴訟の記録」が残されているのかどうか。それらを見れば、警察や検察が当時この事件に対して、どのような見立てをしていたのかがわかる。保管されていないケースも考えられるが、もし、ないならないでその事実が重要である。ここで請求をしなければ、保管されているかどうかすら、わからなくなってしまう。

「はい、1もいります」

毅然とした態度で臨まねばと即答し、こちらの意思をはっきりと伝えた。

一通り書き終えたところで、男性職員は手元に目をやって、書類を確認する。あら探しをしているわけではなさそうだが、確認を待つ間が妙に長く感じられた。

「では、これで終わりです。担当の検察官に確認した上で、再度連絡します。他の事案も対応しているので、年内には出したいと思いますが、年明けになるかもしれません」

なんとか無事に提出を終えられた。実際、手続きはなかなかの手間だと感じた。だから、わざわざ申請しようとする人は弁護士などに限られるのだろう。職員も「報道の方の申請なんて珍しいですよ」と話していた。

ひとまず終わりだ。岡山でやれることはやった、と思う。私たちは手土産に地元の老舗和菓子屋できびだんごを買った。岡山城の敷地に植えられた木々の葉は、真っ赤に色づいていた。帰りの新幹線は、皆眠りに落ちた。この先に待ち受けることも知らずに。

―歴史の門番

1週間ほど経った年の瀬も迫る頃。岡山地方検察庁記録係の男性から電話がかかってきた。

「記録はありました」

やっぱりあるじゃないか。これでようやく裁判記録を見ることができる、と思ったそのとき。

「閲覧にお越しいただく前に、出していただきたいものがあります」

まだ、手続きがあるという。庁舎ではそんなこと、言われなかったはずだ。

「ご存じだとは思いますが、法律では閲覧に一定の制限があります。その規定に違反しない旨を約束すると、文書にまとめてファックスで送って下さい」

思わず絶句してしまった。

「……あなたは歴史の門番か！」

とまでは言わなかったが、さすが検察庁というべきか、ガードが固い。清永さんの講演会で聞いていた流れと違ったことに、私は混惑した。

「少し検討させて下さい。書式はどんなものでもいいのですか？」

「はい、構いません」

一度電話を切って対応を考えた。これは〝水際作戦〟で閲覧を制限しようとしているのか。それとも、単なる手続き上の流れなのか。

ここでしくじるわけにはいかない。思い切って、清永さんに直接連絡してみることにした。すると、さして面識もない記者からの急な申し出にもかかわらず、丁寧に相談に乗ってくれた。清水さんの指摘はこうだった。

「下手に文書で誓約してしまうと、それを逆手にとられて、閲覧の制限につながる恐れもあると思うよ。文書を出さずに交渉する方法もないことはない。ただ、文書を出さないで抵抗すると、逆に時間がかかってしまうかもしれないね」

あまり時間はかけたくない。そこでアドバイスに基づき、今回は文書を出すことにした。さっそく「上申書」と題したＡ４で一枚の文書を作成。まず取材の趣旨と本人の同意を得て取材をしている現状を示し、さらに今回の閲覧が法律上のどの規定にも違反するおそれはなく、本人の更生を妨げることもないとする旨を記した。

これを清永さんにチェックしてもらった上で、指定の通りファックスで送付した。

この方法が功を奏したのだろうか。

「では、来られるときに電話を下さい。準備しておきます」

こうして、ようやく閲覧の許可は下りたのだった。


年明け、他の業務に忙殺されていた私は、再び岡山に行く時間が取れず、やむなく木村記者一人に行ってもらうことになった。すでに許可は下りているから、後は閲覧するだけ。問題ないはずだ。

木村記者が岡山地方検察庁を訪れると、先日の記録係の男性が待っていた。

いよいよ閲覧の時。歴史の門を開けるか。そう思ったときだった。

「こちらの誓約書に署名をお願いします」

木村記者は「えっ、まだあるの？」と思わず声に出してしまいそうだったという。これでもまだ、閲覧ができないのか。渡された誓約書には、こう書いてあった。

閲覧・謄写が許可された保管記録については，刑事確定訴訟記録法第6条の趣旨に従い，
下記事項を誓約します。

この文書に署名するなら、この前の「上申書」の提出は不要だったのではないか。
「どうします？　署名しますか？」
確認の電話を入れてきた木村記者から事情を聞きながら、私はイライラをいっそう募らせた。だが、ここで拒否しても時間の無駄だろう。木村記者には署名するよう伝えた。すると、ようやく「閲覧・謄写」に進めたということだった。

ここで言われている「閲覧・謄写」とは、文字通り「見て、書き写す」ということである。一般的な情報公開請求のように、資料そのものを請求者に郵送してくれるわけではない。文書はコピーすることも、写真を撮ることも禁止だ。なんという非効率性、無駄な労力。せめてもの救いは、閲覧の際にパソコンを持ち込んでよいということだった。

ようやく待ちに待った公文書とのご対面。出てきたのは、十数枚ほどのA４の文書だった。内容は、最高裁判所に至るまでの各裁判所での「判決文」、上訴する理由を示した被告人と弁護人の「控訴趣意書」と「上告趣意書」。一部は黒塗りにされている。被告人の住所

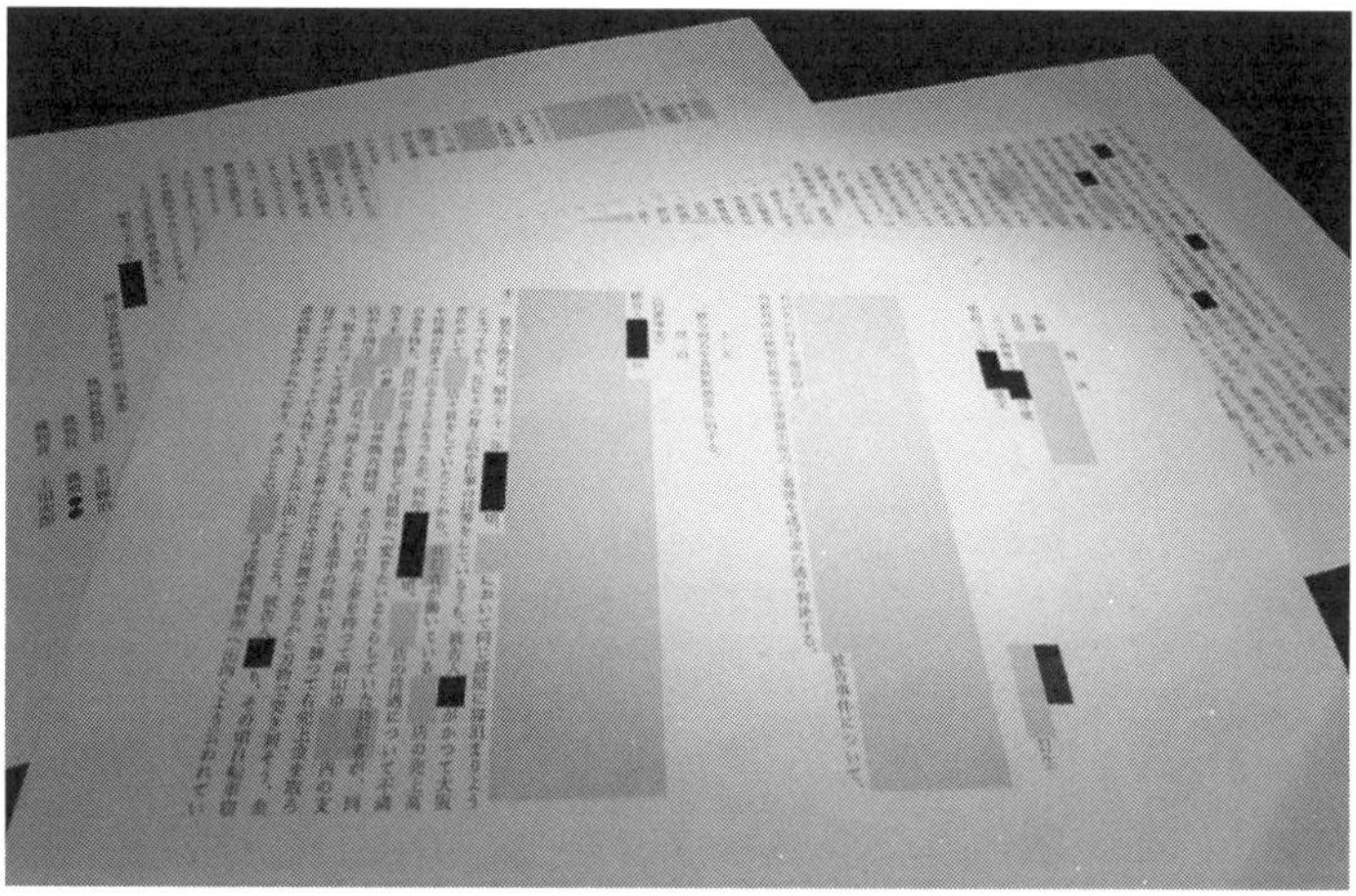

書き写した裁判記録は放送でも紹介した

や生い立ちに関する部分だろう。

一方、「閲覧一部不許可通知書」という文書も受け取った。そこには「1．不許可部分　被告事件の裁判書以外の記録」、とあり、すなわち捜査や公判などの訴訟の記録は、「保管期間満了により記録を廃棄している」という理由で閲覧は「不許可」となった。つまり、公的には、すでに記録はないということである。法律上の保管期間の定めは、判決文などの裁判書は「100年」、それ以外の保管記録は「50年」と異なっていたのだ。

しかし、受刑者がまだ生きて服役しているにもかかわらず、その事件記録が廃棄されているというのは、違和感を覚えざるを得ない。もしかすると、刑事確定訴訟記録法ができた時点で、服役期間が61年にも及ぶ人がいるとは、誰も考えていなかったのかもしれない。

だとしても、長い時間が経った後に再審請求で「無罪」となる事件もあることを考えると、果たして訴訟の記録の保管期間が「50年」なのは妥当なのか、疑問が残る。


パソコンで書き写す際、木村記者は一工夫加えてくれた。単に文章を書き写すだけでなく、行間や黒塗り箇所の量、旧字体の表記に至るまで、細かく再現してくれたのだ。それにより、写しではあるが、実物の判決文に近い姿となり、後で撮影の際にも役立った。

それにしても、公文書に辿り着くまで、これほど苦労するとは思いもしなかった。

「公文書管理、頼むよ、ニッポン……」

心の中でそうつぶやいた。


―　神の配列を恨みたくなるほどの……


地方裁判所の判決文はわずか3枚ほどの短いものだったが、その記述はとても重要な意義を持っていた。

まずは「裏取り」について。判決文に書かれた事件の経緯は、新聞記事に出ていた内容とほぼ一致している。これなら記事の内容を堂々と使用できる。一連の事実に、裏が取れた瞬間だった。

さらに、「無期懲役」の判決の理由が詳しくわかった。

本件犯行は（共犯者）の更生のために職を与えた理解ある雇い主の妻女に対し、その行為を裏切り両名の計画的な配慮のもと宵のうちしかも交通頻繁な街路近くにおいて、大胆且つ無雑作に行われ、よつて人の貴重な生命を奪い、その遺族殊に母を失つた幼少の子ども二人にとつて回復し難い不幸と苦痛を与えたものであつて、それ等の者の心情を察するに余りあるものがあり、その情状はきわめて重いと言わなければならない。

刑法の規定では、強盗殺人（強盗致死）の場合、量刑は無期懲役か死刑しかない。よほどの情状がなければ、減軽されない。判決自体は突飛なものではないといえるだろう。

しかし、この判決を言い渡した裁判官たちは、よもや被告人の服役期間が61年にも及ぶとは、想像していただろうか。

無期懲役とはこのように、行刑の運用次第で刑期の幅が大きく変わるという特殊な刑罰の性質を持っているのだ。定量的な服役期間が、司法権の最高機関である裁判所によってコントロールされることがない。裁判長であっても30年や50年などと、指定はできない。無期懲役の仮釈放について刑法第28条では、2つの要件を満たすことが必要だとされている。①10年が経過することと、②当該受刑者に「改悛《かいしゅん》の状《じょう》」があること、である。仮釈放の是非の判断は、主に刑務所長からの申請に基づき、法務省が各地に設置する「地方更生保護委員会」と呼ばれる組織によって行われるのだ。

また、Aの過去について、判決文には興味深い記述があった。裁判官はAの境遇について、同情を示している。

尤《もっと》も被告人Aは犯行時満二十年三ヶ月、[redacted]であり、又いずれも幼少の頃より温かい家庭から離れ、両親の指導監督を受けなかつた不遇な境遇は同情に値する（中略）訴訟費用の負担については被告人両名がいずれも貧困のため納付することのできないことが明白である。

Aは家庭に恵まれず、犯行時も貧困状態だったと書かれている。

右の文章の中で一部黒塗りの箇所がある。私たちは、おそらくこの箇所に当てはまるであろう言葉をこれまでの取材から推測した。

裁判長はこの文脈を読むに、Aに同情しているということは、黒塗りにされているということは、Aの生い立ちの個人情報に深くかかわる表現のはずだ。Aは出所時83歳、生まれは1936（昭和11）年である。事件の新聞記事には、Aのいた更生保護施設の寺の住職が「Aは両親に早く死別れた（原文ママ）不幸な子」と話していたという記載があった。また、最初に入手した内部資料には「父が戦死した」と書かれていた。だとすると、黒塗り箇所はこう考えられるのではないか。

「被告人Aは、**戦争孤児**であり」

これはあくまで推測である。もしかするともっと単純な事実表記なのかもしれない。だが、ここまでの取材を総合すると、いずれにせよ「戦争」がAの人生において暗い影を落としていたことは十分に予測がついた。

裁判で最高裁判所まで争ってもAの量刑は変わることはなかったが、その成育環境については弁護人をして次のように言わしめるほどであった。「上告趣意書」の一節を引用したい。

被告人の生育環境（ママ）を見るに、被告人の供述調書に見られるごとく何故に彼が此のような悲惨な星の下に生まれねばならなかつたと神の配列を恨みたくなる程であり（中

略）被告人の悪性は全くその悪い生育環境から生じたものである（後略）

「神の配列を恨みたくなる程」の成育環境とは、果たしてどのようなものだったのか。

第5章

木村

日本一長く服役した男 〝誕生〟の秘密

1936（昭和11）年、陸軍の青年将校らは後に近代日本最大と呼ばれる軍事クーデターを企てていた。そして、2月26日、1400人あまりを率いて一時、首都東京の中枢を占拠し、政府要人ら9人を殺害する「二・二六事件」が勃発。鎮圧されたものの、日本は大きな転換点を迎え、軍部の勢いがますます強まり、戦争への道を着実に突き進んでいた。

この年の8月の終わり、大阪市の淀川のほとりで暮らす夫婦の元に、Aは産声を上げた。

「暗い世の中でも、明るく育ってほしい」

そんな願いからだろうか。Aは、名前に「光」を表す漢字を取り入れられて命名された。その後、Aには弟が2人できる。時代が違えば、この家族はにぎやかで幸せな家庭を築いていたかもしれない。

しかし、戦争が家族に暗い影を落とす。

ナチス・ドイツによるポーランド侵攻により、第二次世界大戦が勃発した1939（昭和14）年。日本では、中国における日中戦争が長期化するなか、価格等統制令などの影響で国民生活は窮乏化していた。この混乱の年にわずか3歳だったAは、実の母親と弟2人と生き別れになってしまう。原因は不明だが、その後、継母が家に迎え入れられた。

さらにその3年後、太平洋戦争が始まった翌年の1942（昭和17）年、今度はAの父親が戦死した。それを機に、継母も家を出て行ってしまったため、6歳だったAは、一時は親類に引き取られたこともあったようだが、その後は児童養護施設に送られて成長することになる。温かい愛情を注いでくれる家族を6歳までに失ったAは、以来、天涯孤独の身となったのだ。

1945（昭和20）年に日本は終戦を迎えるも、戦争で社会は荒れ果て、国民の生活は困窮していた。衛生状態の悪化や栄養失調などで戦後まもなくして「発疹《はっしん》チフス」が大規模に流行した。Aも9歳頃のときに、この熱病に苦しめられた。なお、日本国内で発疹チフスが確認されるのは、戦前から戦後のわずか一時期だけである[15]。

ただ、Aの性格や暮らしぶりは、残された記録では判然としない点も多い。

――少年の島

ボゥゥゥゥゥ。

私たち取材班の3人は船の上にいた。Aが子ども時代を過ごしたという島に向かうため

フェリーから望む似島

だった。
経緯までは不明だが、戦後になってAは孤児として、広島市の離島に設立された児童保護施設で中学校卒業までの間、過ごしていた。

瀬戸内海の広島湾に浮かぶ「似島《にのしま》」。広島港から南におよそ3キロメートルのところにあり、広島市内から望む島の形が富士山に似ていることから「安芸小富士《あきのこふじ》」の名前で市民に親しまれる。周囲は20キロメートルにも満たない小さい島だが、自然が豊かで魚釣りやハイキングで訪れる人も少なくない。島の周りの海には、広島県の特産でもある牡蠣を養殖するイカダがいくつも浮かんでいる。

この日の天気は晴れ。広島湾の波は穏やかで、甲板に出ると頬をなでる風が心地よい。湾内に点々と浮かぶ島には木々が茂り、深い青色をした海とのコントラストが美しかった。私たちの乗る船は、島の周囲にあるイカダを縫うようにして、島の桟橋に着岸した。

だが、その島の歴史は決して明るいものではなかった。

「この似島は、戦争とのかかわりがものすごく濃いところなんですよ」

そう教えてくれたのは、島在住で郷土史を調べ、ガイドもしている宮﨑佳都夫《かずお》さんだった。急な取材にもかかわらず、宮﨑さんは島を案内しながら、その歴史について話してくれた。

似島には、1895（明治28）年、日清戦争の帰還兵による感染症の流入を防ごうと、軍の検疫所が設けられた。また、日露戦争と第一次世界大戦の際には、それぞれロシア人とドイツ人の捕虜収容所も設置された。さらに、1945年に広島市に原爆が投下されると、検疫所は被爆者を受け入れる臨時の野戦病院となった。約1万人の被爆者が運び込まれ、多くの人がそこで亡くなったという。

そして、戦後になって船で運び込まれたのが戦争孤児たちだった。

「広島が原爆で焼け野原になって、そのときに取り残された子どもたちを養育する目的で設置されたんです。戦争孤児の受け入れがこの学園の始まりでした」
少年だったAが送られたのは、1946（昭和21）年に、広島県戦災児教育所として島に開園した「似島学園」だった。この施設では、廃墟と化した広島の街、そして全国各地で戦禍によって家族を失い、路頭に迷っていた戦争孤児を集めて保護した。
広島市内の図書館に残されている学園の営みを記した『25周年の歩み』によると、終戦翌年の1946年に、小学生34人を受け入れて似島学園の歴史は始まった。さらにその翌年には、中学生も受け入れるようになったという。戦後10年の間は、小学生と中学生を合わせて、毎年平均して120人程度の子どもたちが学園で暮らしていたようである。経緯は不明だが、大阪生まれのAもその一人となっていた。

島で取材を進めたが、学園が設立された当時のことや、Aのことを知る人は見つからなかった。学園関係者や住民によると、もう当時を知る職員は亡くなってしまったという。ただ、学園の資料によると、設立当初は子どもにとっても職員たちにとっても、苦難の連続だったようだ。『25周年の歩み』にはその辛苦がにじみ出ている。

当時荒廃の島，箸1本とてない，あるものは鉄屑と大砲のみの所に，ランプとリュックサックを背負って開設，文字通り職員と児童が心と力といのちを合せ，生活苦楽を共にし，血みどろになって築きあげたものである。[16]

また、『似島学園　50年のあゆみ』という資料に記載された当時の職員の証言によると、設立当初は子どもたちを「保護」するといっても、街でうろつく家のない子どもたちを無理やりトラックに乗せ、半ば強引に連れて来る方法だったという。その反発からか、脱走を試みる子どもも少なくなかったようだ。最初の1年間の脱走未遂はのべ276人、なんと海を自力で泳いで逃げた子どもまでいたらしい。Aもまたどこかに逃げ出そうとしたのだろうか。といっても、島を出ても逃げ帰る場所すらなかったのだろうが。

学園では、子どもたちは寮生活を送った。併設された小学校や中学校に通い、熱意ある職員たちの下、木工や建築など、様々な職業訓練も受けられたそうだ。学園は、アメリカの著名な児童自立支援施設「少年の町」にちなみ、「少年の島」と呼ばれていた。児童の一人はこんな歌を残している。

世の中は乱れているが似島は　希望にみちた楽しい生活（児童詠草）[17]

Aは「希望にみちた楽しい生活」を送れたのだろうか。あるいは、乱れた世の中を恨んでいたのか。島で心地よい海風を浴びながら、私たち取材班の3人はそれぞれ、Aの少年時代に思いをはせていた。

明治以降の日本の歴史において、似島は戦争に翻弄されてきた島だった。島はその痕跡を今も色濃く残していた。あちこちで戦時中に使われた弾薬庫などの建物跡があり、目に留まる慰霊碑には、原爆犠牲者のために花が手向けられている。そこでAが生きた直接の痕跡を探し出すことはできなかった。だが、彼が生きた過酷な時代や社会的背景に想像を巡らせるには十分すぎた。

家族を失い、少年時代に「島」という閉鎖的な空間にいたA。そのAが後に、人生の大半を刑務所という閉鎖的空間で過ごすことになるとは、なんと数奇な運命であろうか。

私は帰りの船の甲板でそんなことを考えながら、遠ざかる似島を眺めていた。

似島学園の近くでは、子どもたちが堤防釣りを楽しんでいるのが見えた。この島が、二度と「戦争の島」にならないことを願いたい。

―― 戦後復興への憧れ

戦後の混乱期という厳しい環境の中で、Aは成長していった。

島にいる他の子どもたちと少年時代を似島学園で過ごし、中学校を卒業。それから、初めは広島県内で、業界はわからないものの店員をやったり、農業の手伝いをしたりして1年ぐらい過ごしていたという。

給料が安定しなかったのか、人間関係に問題があったのかは定かではないが、その後は勤務地を転々とした。20歳の頃までにマッチ工場で働いたり、旅館でコックを務めたりしたそうだが、いずれも半年程度しかもたなかったようだ。盗み癖もあったようで、窃盗罪などの非行で検挙されて少年院に送られたこともあったという。

Aは成人を迎え、もはや少年法によって処遇が区別される少年ではなくなった。岡山県に辿り着いたAは、キャバレーでボーイとして働き始めたという。当時、日本では音楽の生演奏に合わせて男女が踊るキャバレーが大盛況だった。店内で流れているのは流行したジャズ。過去にサクソフォンを習っていたと話すAは、ここでジャズの演奏を見ていたという。

「お客さんの様子を見て演奏するんや」

以前、私にこう語っていたA。古びたジャズの楽譜を大切にしていたのは、このときの思い出があるからだろうか。後にAはこのようにも語っている。

「私は接待係だから。いらっしゃいませ、とかいうんや。どういうのがいいか、いちいちお客さんに聞くんや。お客さんの注文がうるさいからな。店のあっちこっち、うろうろせないかん。お客さんがいっぱいおるから、こき使われる私たちは」

「仕事は楽しかったですか？」

「楽しい……。忙しい。夜何時までするのかな」

とても裕福とはいえない生活を送っていたであろう。楽器を買えたとは思えない。キャバレーで下働きをしながら金を貯めて、あるいは接客をしながら演奏者を横目に、いつかサクソフォンを演奏する夢を見ていたのかもしれない。ある意味、戦後復興の最中にキャバレーで働いていたときが、Aにとって最も明るい時代だったのだろう。夢を抱いていた青春時代を思い出しながら、私たちにジャズを語っていたのかもしれない。


だが、20歳になって、Aは自らの行いによって青春時代に幕を下ろす。

1956（昭和31）年、運命の日。Aは強盗殺人事件を起こした。一方、日本社会は歓喜に沸いていた。日ソ国交回復により、日本は念願の国際連合に加盟、国際社会への復帰を果たしたのだった。

経済も好調で戦前の水準に戻り、当時の経済白書で国が宣言した「もはや戦後ではない」

という文言が流行語になった年。対照的に戦争の〝傷〟を背負ったAは、日本社会から姿を消すことになった。Aの人生は、日本の戦後復興の光と闇を表しているかのようだった。

――謎に包まれた刑務所生活

Aは裁判で自らの行為は認めたものの、量刑については控訴、さらに上告して、最高裁判所まで争った。自ら手書きの控訴趣意書も作成している。

「強盗する気でも奥さんを殺す気でもなかった」

「無我夢中でしたので何処に傷をつけたのかわからず逃げてしまった」

「もう一度審議をお願いします」

言い分むなしく、1958年7月、岡山地方裁判所が言い渡した一審判決と変わらず、無期懲役が確定。Aは熊本刑務所に移送され、服役することになった。このとき21歳だった。刑務所に入ってから、Aがどのような様子で服役していたかは、記録上定かではない。少なくとも最初の十数年間はほとんど謎に包まれている。

頼りにできるのは、内部資料と数少ない証言だけである。今回私たちは、当時、刑務所でともに過ごしたという同囚の無期の受刑者で、すでに仮釈放された松下さん（仮名）と片山さん（仮名）の2人からAについて話を聞くことができた。

2人やA本人、関係者らの話などを元に、刑務所内のAの様子を可能な限り、再現してみたい。

刑務所に入って、Aに与えられた新たな番号は「28番」だった。点呼などの際に使われる称呼番号。この番号は入所してから出所まで、移送などがない限り基本的に変わることはないという（今でこそ、刑務所は受刑者のことを名前で呼ぶことがほとんどだ）。

Aは出所の直前、体重は43キログラム、身長は165センチメートル。かなりやせ型である。しかし、信じがたいことに刑務所内では一時期、80キログラム近くある巨漢だったという。

罪を犯した受刑者だからといって、年中無休で刑務作業があるわけではない。受刑者にも〝休日〟があり、土日には刑務作業はない。その日には読書をしたり、ラジオを聴いたりできる。ときには講堂で映画を鑑賞することもあれば、花見や大運動会といった年間行事もあるのだ。

Aはスポーツを好み、刑務所内のソフトボール大会に出場したこともあったという。ま

Aが大事にしていた楽譜　1961年に発行されたものだった

た、将棋大会では優勝したことがあるらしい。テレビドラマも好きだったようで、特に「寅さん」でおなじみの『男はつらいよ』シリーズがお気に入りだったようだ。他の受刑者に冷やかされながらも、熱心に見入っていたという。

また、熊本刑務所内にはかつてブラスバンド部があり、そこに所属していたという話もある。実は今回執筆する段階になってはじめてわかったのだが、Aが持っていたあの古びた楽譜は1961（昭和36）年に発行された宇山恭平著の『モダン　ジャズメモランダム』だと判明した[18]。つまりAがそれを手に入れたのは、服役後ということになり、やはりAはここでサクソフォンを吹いていた可能性が高い。青春のあこがれはついに刑務所で実現したようだ。

第1章で述べた通り、刑務所には「工場」と呼ばれる、受刑者が刑務作業にあたるための作業場がある。一度、配属された工場はよほどの事情がないと配置換えがないことも、前に述べた。

服役してから最初の25年ほどは、どのような作業に従事したか判然としないが、Aは以前、「出所前は洗濯工場で乾燥機を回していた。その前はミシンで背広などを縫っていた。その前は革靴を作ったこともある」と話していた。

松下さんや片山さんの話によると、Aは少なくとも1984（昭和59）年以降は、洗濯工場にいたという。受刑者が着ている服の洗濯から、アイロンがけ、布団干し、乾燥機の操作など、作業内容はまるでクリーニング工場のように多岐にわたっていたようだ。Aは優秀な洗濯工であり、言われた作業を黙々と取り組んでいたという。

仮釈放後に、受け入れ先の施設で「仕事がしたい」と施設職員に頼み、やたらと洗濯物をたたんでいたり、干したりしていたことも納得ができる。

基本的に口数が多い方ではなかったが、周りの受刑者が話しかけると、ときおり社会復帰に向けた意欲も見せていた。

「なあ、Aさん。俺らは無期だけどな、一日も早う娑婆に出ないかんね」

「そうな」

「娑婆に出たら自由だからね。なんでも自分の好きなものが食べられる。何が食べたい？」

「出たらお菓子を腹いっぱい食べたいの。ここでは食べられんからね」

「なら早う出してもらわないけんね。どうなるかわからんけど」

「出られるんなら、嬉しいことやな」

松下さんはAとこんな会話のやりとりをした記憶が残っているという。

Aはトラブルも起こさず、ある時期からは「第1級の模範囚」にもなっていたという。「級」というのは、2007（平成19）年の刑事収容施設法が施行されるより前に設けられていた「累進処遇制度」のことを指している。級は第1級から第4級まであり、服役当初は最下級（第4級）から始まり、受刑態度などに応じて受刑者は進級・退級する。いわば受刑者の成績だ。第1級になると、外部とやりとりができる手紙の回数が増えるなどの優遇が受けられる。

この制度は、刑事収容施設法の施行後に、「制限の緩和」と「優遇措置」という制度に変更されたが、ともかくAの服役態度が真面目だったということがうかがえる。

また、Aは被害者への贖罪に向けた取り組みにも参加していたという。今でも、各刑務所には教誨室《きょうかいしつ》と呼ばれる部屋があり、定期的に教誨師《きょうかいし》が訪問し、受刑者と面会している。受刑者たちは説法を聞いたり、懺悔したりしながら、被害者に対して祈りを捧げ、自ら犯した罪と向き合う時間を持つのだ。

松下さんの話では、当時、週に1回程度、教誨師が訪問していて、Aは教誨師との面会に毎週のように欠かさず出席していたという。それが本心からなのか、仮釈放に向けたアピールになるからか、というのは本人にしかわからないが、真面目な態度が功を奏したのかもしれない。服役が始まってから22年がたった頃、初めてAに仮釈放のチャンスが訪れた。

―棄却され続ける仮釈放の申請

最初にAの仮釈放（当時は「仮出獄」と呼ばれた）の申請が行われたのは、1980（昭和55）年、Aが43歳のときだった。

刑期に終わりがない無期懲役囚が仮釈放されるには、いくつかの要件がある。

刑法第28条には「懲役又は禁錮に処せられた者に改悛《しゅん》の状があるときは、（中略）無期刑については十年を経過した後、行政官庁の処分によって仮に釈放することができる」と定められている。この10年というのは「法定期間」と呼ばれ、法律上服役しなければならない最短の年数を指している。

専門家によれば、法定期間は、それよりも短くはならない理論上の限界値であるという。そのため、基本的には無期の受刑者が実際に10年ぴったりで仮釈放されることはほとんど考えにくく、記録でわかる限りでも、1994（平成6）年以降、「12年以内」で仮釈放されたケースは皆無である。[19]

法定期間の他にも仮釈放される要件には、同じく刑法第28条に「改悛《しゅん》の状」と呼ばれるものがある。刑務所が受刑者の態度を見極め、受刑者に再犯のおそれがないことや、反省していることなど「改悛《しゅん》の状」が見られると判断したときに、地方更生保護委員会に対して仮釈放の申請を行う。この委員会は国の組織であり、刑務所の申請に基づいて仮釈放の可否について審理を行い、判断していくことになる。ここで認められれば、仮釈放が決定する。あえてイメージをわかりやすくするならば、映画『ショーシャンクの空に』のレッドの面接シーンを思い浮かべてもいいかもしれない。

Aの最初の仮釈放の申請が行われた1980年における、無期懲役囚の仮釈放の期間を犯罪白書から紐解いてみる。[20]この年に全国で仮釈放を許可された無期懲役囚は46人。このうち、服役期間が14年以上かつ16年以内の受刑者は22人と最も多い。前後の時期を同様に調べてみても、おおよそ15年前後で仮釈放されるケースが目立っている。

この頃の無期懲役囚は、平均するとおおよそ15年程度で仮釈放が認められる傾向にあったようで、少なくとも無期懲役囚の9割以上は20年以内に仮釈放が認められていた。「無期懲役は15年か、20年ぐらいで出られる」と、現在でもまことしやかにささやかれているのは、この頃の印象が強いのかもしれない。

Aの1回目の仮釈放申請時には、すでに服役から22年が経過していた。当時の傾向から考えれば、この時期に仮釈放されていてもおかしくはない。だが、この時の申請は棄却された。さらに棄却されてから10か月後、再び仮釈放の申請があったが、それもあえなく棄却。それでも、刑務所はよほどAの仮釈放を気にかけていたのか、1991（平成3）年までの間、数年おきに仮釈放の申請が繰り返され、最初の申請を含めると、40代で3回、50代で2回の、合わせて5回も申請されていた。このうち1回は申請が取り下げられ、他はすべて棄却されていた。

その主たる理由は、1979（昭和54）年頃からAが刑務所の出所者などを受け入れる更生保護施設の帰住を希望していたものの、受け入れ先が見つからないため、というものだった。

――精神に異常をきたす

何年経っても、受け入れ先が見つからなかったA。その現実に絶望したのだろうか。あるいは、自由が制限される受刑生活の中で、精神を保てなくなったのか。

取材を進めると、Aの精神状態には波があることも見えてきた。最初に変化が現れたのは、服役してから14年後の1972（昭和47）年。きっかけは不明だが、精神に異常をきたしたようだ。Aは「体から空気が漏れる」など意味のわからない言葉を話すようになり、統合失調症のような症状があると診断された。そのため、5年半にわたって医療刑務所に移送されることになったという。以降、治療のため向精神薬が投与された。こうした不安定な体調と心情のためか、他の無期懲役囚と比べ、仮釈放の手続きが遅くなったとも考えられる。

その後は症状の改善が見られたようで、1978（昭和53）年にAは熊本刑務所に戻ってきた。1980年代の初頭には、症状の変化を表す資料も証言もなく、しばらくは落ち着いていたものと見られ、その頃から仮釈放の手続きが本格化している。

同囚だった松下さんの証言によると、度重なる仮釈放の手続きの中で、Aは自暴自棄とも捉えられる言葉を口にしたという。

「出すなら出す、出さんなら出さんでいい」

仮釈放の手続きの最中、こんな言葉を発すれば、更生の意欲がないとみなされてもおかしくはない。当時の担当刑務官は飛んでいって、「チャンスなのに、なんでそんなことを言うのか」と憤ったそうだ。

さらに、Aは刑務所長宛てに手紙をしたためて〝直訴〟したという。内容まではわからないが、「刑務官とのトラブルだったかもしれない」と松下さんは推測する。この行為が原因か定かではないが、Aは第1級から最も低い第4級まで格下げされたという。

この行動を境にAの様子は一変したそうだ。

80キログラム近くあったという大柄な体はやせ細り、まるで骨と皮のような状態になっていったという。刑務官が話しかけてもまるで反応しない。奇妙な行動も増え、食事の際、熱い汁物であっても箸を使わず、指を突っ込んで食べたという。周りからは当初、「わざとバカなまねをやっているのでないか」と疑われるほどだった。しかし、様子はいつまで経っても戻ることはなかったという。

「あの人はああいう人だから」

「病気だから仕方ない」

そう言って、周りの受刑者などから、まともに向き合う人が減っていったそうだ。

しかし、こうした精神状態は、必ずしもAだけに限ったことではないらしい。Aと一緒に服役したことがある松下さんは、次のように語った。

「私も頭がおかしくなりましたよ。他の人の声だとか雑音だとか、幻聴が聞こえるようになるんです。自分でも訳がわからなくなって、しまいには薬で抑え込まれる。無期懲役囚には、まあまあることです」

また、Aを知る無期の受刑者である片山さんは、仮釈放で受け入れ先のない心情をこうたとえる。

「仮釈放は、砂漠の中に落とした針を見つけ出すようなものです」

時代が変わり、平成に入る頃、Aの症状は落ち着きを見せていたが、無期懲役囚の仮釈放をめぐる社会の状況は一変していく。

―厳罰化の時代へ

昭和の終わりから平成の初めにかけて、仮釈放中だった無期の受刑者が殺傷事件を起こしたことがあった。この影響で、仮釈放の申請がしにくい状況が続いた。

さらに、1995（平成7）年3月、「地下鉄サリン事件」が発生。通勤時間帯に首都の心臓部・霞ケ関駅を通過する日比谷線、千代田線、丸ノ内線の3つの路線で猛毒のサリンがまかれ、通勤客などが無差別に狙われたことで、日本中に恐怖が広がった。オウム真理教による一連の犯罪が取り沙汰されるなかで、世間の風潮は〝厳罰化〟の流れに傾いていく。

２００４（平成16）年に刑法が改正されると、有期刑の上限は最長30年に引き上げられた。それに伴い、無期懲役囚の仮釈放までの平均服役期間も長期化するようになっていった。一連の厳罰化の流れの中で、２００３（平成15）年以降は、20年以下で仮釈放を許される無期懲役囚はおらず、期間は30年を超えるようになっていく。

この頃には、Aはすっかりおとなしくなり、機械的に洗濯工場で作業にあたっていたようだ。言われた通りのことを真面目にこなす日々を送っていたとみられるが、時代の流れを受けてAの仮釈放の手続きも途絶えていた。


このときのAを知る片山さんはこう回想した。

「Aさんは病気の問題があるから、まあ一生、刑務所の中かなと思いました」

誰かに危害を加えたり、トラブルを起こしたりするわけでもなく、淡々と服役するAは周囲の受刑者からは、いつしか「愛される存在」として見なされるようになっていったという。それは裏を返せば、「刑務所の中でしか愛されない存在」ということでもあった。

―「受け入れ先」という高い壁

厳罰化の流れを受けて、1991年以降、Aの仮釈放の申請は途絶えていたが、そこから18年が経った2009（平成21）年に6回目の仮釈放の手続きが行われた。この時の手続きは、これまでのような刑務所による申請とは異なり、地方更生保護委員会による「職権審理」だった。

実は、仮釈放の手続きは2つある。1つは、まず刑務所側、つまり刑務所長など矯正施設のトップが申請した上で、地方更生保護委員会が審理を行うもの。もう1つは、その申請がなくとも、地方更生保護委員会が独自の権限で審理を行う「職権審理」というものである。

では、なぜこのタイミングで、申請によらない職権審理が行われたのだろうか。その答えは、〝政治の変化〟にあった。

2008（平成20）年、国会では超党派の議員連盟が仮釈放を認めない「終身刑」を創設するよう、刑法の一部を改正する法案の概要をまとめた。結果的に法案は提出が見送られたものの、無期懲役をめぐる議論は活性化。これをきっかけに、2009年3月に法務省保護局から一つの通達が出された[21]。

このときの通達の名称は、「無期刑受刑者に係る仮釈放審理に関する事務の運用について」。そこには「申出によらない審理の開始」について、地方更生保護委員会と保護観察所は、今後は次のように取り計らうよう指示されていた。

地方委員会は，無期刑受刑者について，刑の執行が開始された日（中略）から30年が経過したときは，その経過した日から起算して1年以内に，（中略）必要があると認めて仮釈放審理を開始するものとする。

（中略）地方委員会は，この通達の実施の日より前に，刑の執行が開始された日から既に30年が経過していた無期刑受刑者については，平成24年3月31日までに，（中略）仮釈放審理を開始するものとする。[22]

このように、無期懲役の仮釈放までの期間は、法律上の最短は「10年」のままであるにもかかわらず、通達や刑法の改正で有期刑の上限が「30年」に引き上げられたことなどを受け、運用段階では事実上「30年」を経過してから、審理を始める基準となっていったのがうかがえる。

一方、Aについてはこの２００９年時点で、服役期間は実に51年が経過していた。そのため、刑務所からの仮釈放の申請は途絶えていたが、Aのいる熊本刑務所を管轄する九州地方更生保護委員会は、この通達を受けて審理を開始したとみられる。

しかし、委員会が出した結果は、「不許可」であった。その理由は、「反省の態度もうかがえ、再犯のおそれもないが、帰住先が決まっていない」というものだった。またしても、社会での行き場がないということが理由になったのだ。

なぜ、ここまでAの仮釈放は実現しなかったのか。一体、帰住先の有無はどこまで重要なのか。法務省への取材に基づき、改めて仮釈放の要件を詳しく整理してみたい。少し細かい議論になるので、読み飛ばしてもらっても構わない。

法律の文面を見ると、刑法第28条が規定する仮釈放の要件は、法定期間10年の経過と「改悛《しゅん》の状」である。ここで注意深く見ると、仮釈放を許可し得る「改悛《しゅん》の状」とは「情」ではなく「状」という漢字があてられている。つまり、悔い改めた「感情」ではなく「状態」が問題だと分かる。

では、悔い改めた状態とは具体的にどのようなものか。これは、法律の具体的な規則にあたる省令の一つ「社会内処遇規則（犯罪をした者及び非行のある少年に対する社会内における処遇に関する規則）」の第28条で基準が定められている。

（中略）悔悟の情及び改善更生の意欲があり、再び犯罪をするおそれがなく、かつ、保護観察に付することが改善更生のために相当であると認めるときにするものとする。ただし、社会の感情がこれを是認すると認められないときは、この限りでない。

ややこしい表現だが、これを分割して整理すると、仮釈放の基準の要素は、①「悔悟の情」、②「改善更生の意欲」、③「再び犯罪をするおそれ」、④「保護観察に付することが改善更生のために相当」、そして⑤「社会の感情」の5つとなる。これらを満たすかどうかが、仮釈放の具体的な要件なのだ。

これだけ見れば、「帰住先」は要件に入っていないようにも思われる。だが、取材を進めると、仮釈放の判断においては、帰住先があるかどうかが、極めて重要な要素となっていることが分かってきた。

実は、先の「社会内処遇規則」の第18条では、仮釈放の審理をするにあたって、次の9つの事項を調査すると定められている。

一　犯罪又は非行の内容、動機及び原因並びにこれらについての審理対象者の認識及

び心情

二　共犯者の状況

三　被害者等の状況

四　審理対象者の性格、経歴、心身の状況、家庭環境及び交友関係

五　矯正施設における処遇の経過及び審理対象者の生活態度

六　帰住予定地の生活環境

七　引受人等の状況

八　釈放後の生活の計画

九　その他審理のために必要な事項

（傍点筆者）

ここで「帰住予定地」や「引受人」という文言が明文化されているのだ。法務省への取材では、これらの事項がすべて適切に整っていることが、仮釈放の「絶対条件というわけではない」が、やはり「考慮すべき事項になる」という。

その上で受刑者は、社会で日常生活を支えてくれる家族や雇い入れてくれる「協力雇用主[23]」などの引受人がいなかったり、生活場所となる帰住予定地が決まっていなかったりす

ると「再び犯罪をするおそれ」があると判断されることになりかねず、仮釈放が許可されないこともあり得るというのだ。

したがって、帰住先や引受人は、実際の運用上で、重要な判断基準となっていることがわかる。

出所者の受け入れ先は、国が認可する民間の「更生保護施設」が存在するが、誰でも受け入れてくれるわけではない。どんな受刑者を受け入れるかどうかは、それぞれの施設の裁量に任されている部分があり、無期懲役囚を受け入れてくれるような施設は極めて少ないのが実情である。また、家族が受け入れ先となるケースもあるが、無期懲役囚の場合、重大事件を起こしていることや、長期による服役で家族が疎遠になっているなど、受け入れてもらえないケースも多いという。

Aの審理で具体的に何がどのように考慮されたのか、詳細まではわからない。しかし、私たちが入手した内部資料からは、2009年の職権審理の段階に至っても、「悔悟の情や反省の態度がうかがえ、再犯のおそれもない」とされながら、帰住先が未定であるとして、Aに「不許可」の判断がなされていたことが判明した。

このときAの服役期間はすでに51年が経過。「不許可」の判断をする一方で、記録では、保護観察所や刑務所は帰住先を開拓する努力をすべきであるとも指摘されている。それほどまでに、帰住先と引受人は大事なのである。

――日本一長く服役した男の〝誕生〟

刑法犯の認知件数は、現在は減少の一途を辿っているが、平成に入ってからしばらくは増加傾向にあり、1996(平成8)年からは毎年戦後最多を更新し、2002(平成14)年には285万4061件と、ピークに達した[24]。

ストーカー規制法、少年法、刑法、犯罪被害者等基本法、刑事収容施設法などと、次々に新たな法律が施行されたり、現行法が改正されたりした。平成はまさに日本の刑事司法が怒濤のように動いた時代だったともいえる。

厳罰化や被害者の権利保障が進む一方で、過去に罪を犯した人による再犯を防ぐための取り組みも進められていった。

そのきっかけにもなった事件の一つが、2006年1月7日に山口県下関市で起きた「下関駅放火事件」だろう。事件の8日前に刑務所を出所したばかりの高齢の元受刑者が「刑務所に戻りたい」という動機で下関駅に放火し、街のシンボルともいえる駅舎(東口)を全焼させた。

「司法と福祉がつながっていない」。事態を重く捉えた国は、再犯防止に向けて様々な制度の整備に乗り出した。その一つに、２００９年に始まった「特別調整」という制度がある。これは、高齢または、障害のある受刑者で、出所後に帰る場所がないという人を対象に、福祉サービスにつなげて受け入れ先を確保するための措置である。

これがＡにも適用されることになったのだ。多くの場合は再犯が問題となる有期刑の受刑者に適用されるというが、高齢化が進む無期の受刑者の受け入れ先の確保にも活用できると、刑務所も期待していたようである。

Ａが刑務所に入ってから、すでに半世紀が過ぎていたが、制度が整備されてから仮釈放されるまでには、さらに10年待たねばならなかった。問題は、やはり司法と福祉の連携が取れていないことでもあった。「特別調整」が始まった頃までは、国が認可した更生保護施設が行き場のない受刑者の主な受け入れ先となっていたが、施設は定員が限られる上に、無期の受刑者を受け入れようとする施設もごくわずかしかなかったのだ。

２０１１（平成23）年になり、更生保護施設の受け皿を広げるべく、「自立準備ホーム」と呼ばれる新たな制度が始まると、行き場のない受刑者の受け入れ先を確保するため、保護観察所に登録されたＮＰＯ法人や社会福祉法人などが既存の老人ホームやアパートといった場所を活用して、受刑者を受け入れることが可能になった。

Aを受け入れた老人ホームも、この頃にできた施設だった。


平成が過ぎ去った、2019年9月4日。Aは61年ぶりに、壁の外の社会に戻ってきた。

その服役期間は日数にして、推計2万2325日。

一体、どこの誰がこのような服役期間を決めたというのか。かつてのAの弁護人が上告趣意書のなかで訴えていたように「神の配列を恨みたく」なってもおかしくない。

「日本一長く服役した男」は、A本人の犯した罪はもちろんのこと、成育環境や家庭、戦争と国家、時代と世論と政治の風を受け、形の定まらない刑罰の海を漂流し続けた結果として〝誕生〟した、社会的な存在でもあった。


せめて最後は娑婆で。

Aの仮釈放にかかわる関係者は私にこう語った。

だが、Aの言葉は違った。

「刑務所に戻りたい」

第6章

杉本

彼は「ありがとう」と唱え続けた

Aの取材の傍ら、私たちは無期の受刑者のリアルにもっと迫りたいと思っていた。Aの乏しい語りやその過去からだけでは、広がりが見えない。同じ無期の受刑者といっても、出所した直後と1年後、さらには10年後ではまったく違った景色が見えるだろう。

刑務所での経験を少し引いた視点で語ることができ、さらに社会復帰の難しさを語れる人となれば、それは仮釈放された無期の受刑者当人しかいない。だが、一体どうやって当事者を見つければよいのか。

〝当事者探し〟はテーマ取材や調査報道の基本でありながら、その結果の明暗を分ける大きなポイントである。どんなに統計のデータや評論を重ねたとしても、それらを体現する「人」が見えなければ、記事や番組はリアリティと説得力に欠ける。たとえば、現代の経済格差の問題を伝えるならば、多額の奨学金を抱えて進学に悩む学生だったり、コロナ禍で仕事がなくなって減収したひとり親世帯だったり、といった当事者を見つけなければならない。人の語りは直接的であり、力である。

けれど、記者といっても個人情報を自由に見られるような特殊な権限はない。人探しの基本は、人づての紹介や現場での巡り合わせである。警察や行政などの当局が紹介してくれるケースもなくはないが、今回は無期の受刑者。警察や刑務所関係者でも、社会で暮らす無期の受刑者の所在は知らないだろうし、知っていてもすんなり教えてくれるほど甘くない。

ひたすら聞き込みをするという取材手法もあるが、高齢者施設などを手あたり次第あたるのはマンパワーと時間を考慮しても、とても現実的ではない。最近は、ツイッターやフェイスブックといったSNSやブログ、ユーチューブなどで個人が発信しているケースもあって、当事者を見つけられることもあるが、今回のテーマではそれも望み薄だろう。

となれば、やはり今回頼るのは「支援者のつながり」である。無期の受刑者の場合、仮釈放後の受け入れ先が必要であり、出所者の生活を支える人たちもかかわっている可能性が高い。私は3年間の受刑者取材の人脈を駆使し、仮釈放された無期の受刑者を探すことにした。

――当事者のリアルを求めて

正直に言えば、このときは幸運に恵まれた。取材を進める中で、私は以前、ある支援者が「熊本刑務所から無期で仮釈放されて生活している人がいるんですよ」と話していたことを思い出した。当時は「無期懲役」という視点ではなく、単に「長期受刑者」という視点で取材していたため、さらっと受け流してしまったが、熊本刑務所のつながりならAとゆかりのある人物かもしれない。テーマ取材では、こうした着眼点や切り口の違いが情報の受け止めを大きく左右する。

久しぶりにその支援者に連絡を取ってみると、なんと快く取り次いでくれるという。やはり、こうしたつながりは記者の財産である。さっそく、本人の許諾を得た上で連絡先を教えてもらい、直接電話をかけてみると、「仕事の合間なら大丈夫ですのでおいで下さい」ということで、まずはカメラなしで会う「ペン取材」の約束を取らせてもらった。

後に私は取材で、仮釈放中の無期の受刑者に複数人会うことになるが、1対1で対面するのはこの時が初めてだったので、やや緊張気味だった。けれども、そんな緊張を打ち消してくれるぐらい、その人は穏やかな人だった。

片山善郎（仮名）さん、当時72歳。表情は柔らかく、いつも笑みを浮かべている。

「杉本さん、ありがとう。感謝です」

何事にも感謝の言葉を忘れず、話すたびにいつもこう声をかけてくれるのだ。

感謝したいのは私の方だった。突然の取材の申し出にもかかわらず、部屋に温かく迎え

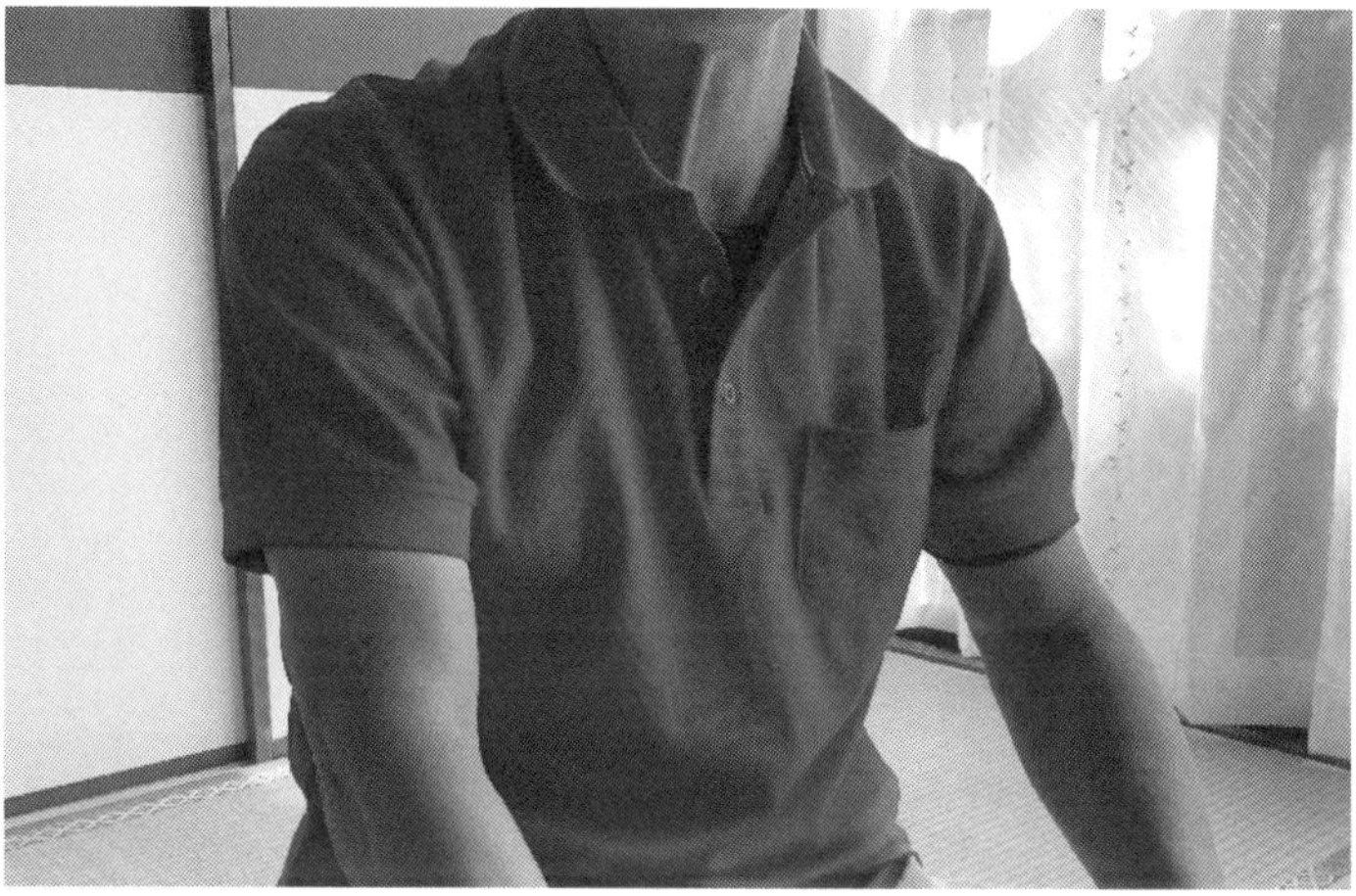
取材に応じる片山さん

入れてくれたのだから。

部屋に入ると、色鉛筆で描かれた花のイラストが壁にかけられ、そこにも「ありがとう」と書かれていた。二間で合わせて十畳ほどの和室は、隅々まで掃除が行き届いていて、家具も多くはない。棚には白黒の家族の写真が、花瓶の横に飾られていた。

落ち着いた様子で、畳の上にしゃんと正座した姿は、とても70代とは思えないほど筋肉質で、背筋はしっかりとのびている。

それもそのはず。片山さんは高齢者施設で働く現役の介護士だ。日々、一人で13人の高齢者のおむつを取り替える。ある職場では一度に52人のお年寄りの世話を担当したこともあるという。

片山さんはキリスト教徒で、机の上には

聖書が置かれていた。日曜日には教会にも通うという。

趣味はツーリング。60歳を超えて初めてバイクの免許を取得し、休みの日には、海でも山でも自慢の愛車で駆け回るそうだ。年齢を感じさせないバイタリティーであふれていた。だから私には、にわかに信じられなかった。この人がAとともに刑務所で過ごした、無期の受刑者だということを。彼もまた、犯した罪は強盗殺人。21歳で事件を起こし、裁判から服役まで含め42年あまりを経て、2010(平成22)年に仮釈放されていた。

どこまで聞いて良いのか、そもそもいきなり話を聞かせてもらえるのか。私は不安を抱えていたが、片山さんは自らの過去について率直に語ってくれた。私は実際にカメラでインタビューを撮る前に、2日間に分け、合わせて4時間以上にわたって話を聞かせてもらった。彼の幼少期、記憶から振り返ってみたい。

――暴力の記憶

「バカヤロー!」

少年は母に向かって叫んでいた。警察に腕を引かれる中、何も言葉をかけてくれない母への苛立ちだった。彼は愛に飢えていた。

片山さんは終戦直後に生まれ、九州の田舎で育った。その成育環境は、とても恵まれた境遇とは言いがたかった。幼い頃から、父親にしつけと称して殴る・蹴るなどの暴力を振るわれた。家にいることが耐えがたく、小学3年生の頃から家出を繰り返すようになった。気の許せる上級生とともに盗みなどの非行にも走っていたため、小学6年生のときには児童養護施設に送られたという。

だが、児童養護施設も温かい居場所とはならなかったようだ。施設の職員は父親と同じようにガミガミと叱り、暴力を振るったという。冬にパンツ一丁で外の冷たいコンクリートの上に正座させられ、ほうきでバシバシたたかれたこともあった。在籍したその施設はその後、虐待の問題で新聞に取り上げられることもあったそうだ。

少年だった片山さんは、施設から合わせて3回脱走を試みたという。離れた父母の家まで歩いて帰ったこともある。おなかがすいて道中、盗みを働いた。ようやく帰り着くも、夜明けとともに警察が迎えに来た。母は息子を引き留める様子もなく、施設へと戻された。

16歳になると、施設を離れて大阪に出て働いた。漬物店で働き始めたが、幼い頃の畑仕事の影響で患った変形性脊椎症による腰痛が悪化し、その職場では働くのが難しくなった。やむなく親元に戻り、地元で配管工や漁船に乗る仕事をしたが、長くは続かなかった。

この頃の片山さんはすぐにカーッとなる性格で、計画性がなかったという。あるのはただ、「不自由な児童養護施設からようやく解放された」という思いだけ。とにかく自分を制限するものに反抗したかった。だがそれは、屈折した自由であり、実際は寂しさの裏返しでもあった。自分を支える信念や目標はなく、ただただ働いているだけという毎日が続いた。いうなれば〝根無し草〟だった。

その後も九州や中国地方を転々としたが、すぐに職場でトラブルになった。社会への漠然とした苛立ちから傷害事件を繰り返し、たびたび少年院に送られ、ついに刑事処分となって少年刑務所に移った。その間、社会に1年以上継続していられたことはなかった。

「当時は悪いことしか考えられなかった」と片山さんはいう。働く仲間と悪巧みの話をして盛り上がる。寂しさも紛れ、気が楽だった。〝悪〟を通じてしか、社会とつながる方法を知らなかった。片山さんはそのまま成人を迎え、もはや少年法の対象ではなくなった。

そして、片山さんが21歳のとき、ついにその事件は起こった。たまたま買い物に入った商店で、釣り銭を入れる金庫が見えたため、そこで購入した包丁で女性の店主を襲ったのだ。女性が大声を上げたので、無我夢中で刺した。釣り銭用の小銭1000円あまりを盗って、店から逃げ出した。逃げた後で、自分の手に血がついていることに気がついたという。片山さんは当時のことを振り返ってこうつぶやいた。

「自分じゃない何かに、取り憑かれているような感じがしました」

実際、当時の新聞記事にも、先に述べた経緯の他には「何も覚えていない」とする警察への供述が掲載されていた。

女性は亡くなっていた。当然、片山さんは強盗殺人の疑いで警察に逮捕された。裁判を待つ中で、「いけないことをしてしまった」と後悔し、「死んだ方が楽になるのではないか」と自殺も考えた。だが、それは被害者への贖罪意識ではなく、自分自身が「罰からなんとか逃れられないか」という身勝手な欲望だった。

裁判では争い、「警察の取り調べが横暴だった」と主張した。しかし、実際の取り調べは言うほどひどいものではなかったという。そのとき頭にあったのは、自分が助かりたいという自己中心的な考えだけで、罪の意識は希薄だった。

片山さんは、強盗殺人の罪で無期懲役を言い渡された。まだ戦後の高度経済成長が続いている時期だった。

刑が確定して片山さんが送られた先は、長期受刑者が多数収容される熊本刑務所。最初は現実を受け入れられず、周囲に反発した。刑務官や受刑者と、たびたびトラブルを起こしては懲罰を受けた。ちょっとしたことで他人に対して腹立たしさを覚え、時に憎しみさえ抱いた。物事を長い目で考えることができず、心が安らぐことはなかった。生きる目標もないまま、自暴自棄のような刑務所生活を送り、気がつけば10年以上が過ぎていたという。

――転機

「片山くん、なぜ懲罰を受けているかわかるか？　君は慢心しているんだ」

1985（昭和60）年のある日のこと。いつものように懲罰を受けているとき、刑務官からこんな一言を言われた。今振り返ると、この言葉が転機になったという。

「このままじゃいけない……」

自分でもどこか気づいてはいた。何かトラブルを起こす時は、いつも自分の胸のうちが苦しいと感じていた。頭では変わらないといけないと思っても、気づくと我慢ができなくなっていた。

心の平穏とは何なのか。哲学書や神学書、いろいろな本を読み漁った。般若心経をひたすら書き写したこともあった。そのうち、たまたま読んだキリスト教の宗教家の本に出てきた記述が気になった。

「心は目に見えないけど一つだ」

その本は人間の潜在意識に着目していた。心は、悪い考えや言葉に囚われていると、悪い現実を作り出し、逆に良い言葉を使ってイメージしたり、願ったりしていくと、良いことが現実化していく。いわゆる「ポジティブ・シンキング」の考え方が示されていた。

そこで、試しに本で勧められていた「祈り」を実践してみることにした。苦しみや葛藤が心に浮かんできたときに、感謝の言葉を繰り返し唱えて、自分の苦しみの元凶になっていると思える人に対し、あえて祈りを捧げた。最初はつらいけれど、何度も何度も繰り返しているうちに、次第に心がふっと何かに包まれるような、なんともいえない不思議な感覚になったという。

「ありがとうございます、ありがとうございます、ありがとうございます、ありがとうございます、ありがとうございます、ありがとうございます、ありがとうございます、ありがとうございます、ありがとうございます、ありがとう……」

祈っても、突発的な怒りや苦しみがなくなるわけではなかった。ただ、そうした感情が生じてくるのを遅らせることができた。周囲の受刑者の態度が気にくわないと思ったとき、ノートに「感謝」という言葉を何千回も書き綴った。1日2000回、「ありがとう」と唱え続けたこともあった。

すると次第に、自然と「あの時は自分が悪かった」と言えるようになっていった。感謝の言葉や聖書の抜き書きなどを綴ったノートは、十冊を優に超えていた。

「ありがとう」と唱え続ける姿は、当初は工場で白い目で見られていた。けれども、工場の受刑者に対して祈るようにしてからというもの、腹が立つよりも、なぜだか笑うことが増えてきたのだ。そうしているうちに、周囲の受刑者に対して、少し引いた目で見ることができるようになった。他の受刑者の良さに気がつくようになり、徐々に同じ〝職場の仲間〟だと思えるようになった。

自分の内面が変わり始めると、だんだんと周囲も信頼してくれるようになった。ある時、工場の監督役を任され、刑務官からも「片山、頼むな」と言われた。刑務所での級も上がり、模範的な存在として見られていった。

周りから認められるようになるにつれ、他人を、そして自分自身を、信じられるようになった。かつてのような憎しみは消えていった。と同時に、過去の自分がいかに私利私欲にまみれて事件を起こしたかが、嫌でも見えてきたという。

「人を殺したなとは思っても、実際に人の痛みも罪の重さもわかっていませんでした。でも、変わりたいという気持ちを持てて初めて、自分がいかに愚かだったのかを痛感しました。私の罪は償って、償いきれる罪ではありません。私は生かされていると思っています」

では過去の自分についてどう思うのか。私が問いかけると、片山さんは少し遠くを見つめるようにこう言った。

「僕の犯した過ちは、過ちです。犯した罪は消えないし、亡くなられた被害者のご遺族の方の悲しみは癒えないけれども、僕は過去の自分に出会えるならば、自分自身を抱きしめてあげたいと思っています」

――砂漠で針を見つける

30年以上、刑務所で暮らすとは、一体どんな感覚になるのだろうか。片山さんの話によると、無期懲役囚の受刑態度というのは、大きく3つに分かれるという。

「1つには、更生なんてどこ吹く風で、自分の我を通して、刑務官や周囲にも反発している人がいます。またそれとは反対に、出所できるかどうかは別にして、被害者の冥福を祈りながら、忍耐強く真面目に取り組んでいる人もいます。そしてあと1つは、あまりにも長い受刑生活の中でただ漠然と生きている、いわばマンネリ化している人ですね。人間、弱いですから、『もういいや』とかなってしまうんです。加えて、刑務所の中は規則も人間関係も独自の閉鎖的な〝社会〟なので、自分を保つことは難しいですね」

さらに、無期懲役囚にとっての仮釈放の意味について、片山さんはこんなエピソードを語ってくれた。

「以前、一緒に生活している受刑者がこんなたとえをしたんですね。無期懲役囚にとって仮釈放は、〝砂漠の中に落とされた1本の針を見つけるようなもの〟だと。なるほど、と思いました。確かに、身内が生きていて引受先がある人にとっては仮釈放の希望があるかもしれません。けれど、引受先が定まっていない人は、本当に希望が乏しくなりますね」

片山さんの内面が変化し始めた頃から、仮釈放をめぐる環境は、まるで逆風でも吹いているかのように厳しいものへと変わっていった。

1990（平成2）年、熊本刑務所から仮釈放されていた無期の受刑者の男が、北九州市で女性3人を殺傷するという事件を起こした。男には死刑判決が宣告され、後に執行された。片山さんによると、この事件で熊本刑務所内の仮釈放をめぐる雰囲気が一変したという。

さらに、片山さんにとって追い打ちをかける出来事があった。1993（平成5）年末、母親が亡くなった。

幼少期の軋轢《あつれき》から決して良好な関係とまではいえなかったが、手紙のやりとりは続けていた。父親は1970年代後半に亡くなっていたため、片山さんにとって母が唯一の引受人だった。この時点で、「仮釈放の望みは潰えた」と感じた。その後、受刑者の引受先となり得る更生保護施設にも依頼したが、「引き受けられない」という回答があった。

それでも片山さんは、祈りの習慣を変えることはなかった。刑務所の中でクリスチャンとしての洗礼も受けた。また、長い刑務所生活の中で、片山さんはある目標を見つけていた。高齢の受刑者の世話をする担当になった経験から、もし万が一、もう一度社会に戻れるのなら、介護の仕事をしてみたいと考えるようになった。

変化は予期せぬ形で訪れた。2008年、国会で無期懲役と「終身刑」の創設をめぐる議論が活性化。すると翌2009年、法務省は全国1700人余りの無期懲役囚のうち、刑の執行が30年を経過したすべての者に対し、申請がなくとも、仮釈放の審理をすみやかに開始するよう通達を出した。

当時、すでに服役40年近くに及んでいた片山さんもその対象となった。そして、審理の結果、更生保護施設での受け入れが決まり、仮釈放が許可された。2010年、全国で新たに仮釈放された7人のうちの1人だった。片山さんはそのときの心情をこう語る。

「自分が出られるとは思わなかったです。周りの受刑者からは『希望の星だ』なんて言われたけれど、嬉しいという気持ちはなく、不安な気持ちの方が大きかった。出所に向けて準備をしていると、『ああ、刑務所は自分の第2の故郷になっていたんだ』と寂しい思いにとらわれました。刑務官からは『働く意欲さえあれば大丈夫』と言われましたが、正直、自信は持てませんでした」

——「刑務所では守られていた」

実際、社会復帰は苦難の連続だったという。現代社会のことが何一つわからないのだから、当然だろう。電化製品の使い方すらわからず、教えてくれる人の存在がなければ最初はとても生活できなかった。片山さんより数週間前に仮釈放された別の無期の受刑者は、所持金があるにもかかわらず、100円ショップで万引きをしたため、再び収容されることになったという。

片山さんは、とにかく手に職をつけたかった。介護の学校に1か月半通い、ホームヘルパー2級の資格を取り、その後すぐに訪問介護の仕事を始めた。刑務所にいるときからの夢だった、念願の介護職に就けたのだ。

しかし、思うように仕事が入らず、生活ができるような収入は得られなかった。やむなく生活保護を申請した。悔しくてたまらなかったという片山さん。翌年にはなんとか職場を見つけて収入を安定させ、生活保護を取り下げた。

やれることはなんでもやったという。とある老人ホームでは「夜勤が足りない」といわれると、日勤をした後にそのまま夜勤に入ることもしばしばあった。中には、違法とも思えるような過酷な労働環境もあったそうだ。

「刑務所の工場で50~60人の受刑者をまとめるのに比べれば、なんということはない」

そう自分に言い聞かせ、苦しくても休みなく働いた。仕事ぶりが評価されて、毎年職場で表彰もされたという。

だが、認めてもらう喜びとは裏腹に、心と身体は消耗していた。仕事ぶりを知る人には、「あなたは人がいいので、いいように使われているだけですよ」と言われた。

「神様、お助け下さい」

心の中で祈り続けたが、数年で限界が来て、結局その職場は退職した。ただ、これまでの実績を買われ、すぐに別の施設の働き口が見つかったという。

「なんとか社会に適応しようともがいていました。自分が社会のことを何も知らないのだと改めて感じましたね。刑務所という場所は規則も厳しく、不自由ではありましたが、守られていたんだなと気づかされました」

介護職は楽ではないが、体力の続く限り、これからも続けていきたいという。

「ここはもう、刑務所じゃない。そこまで我慢をしなくてもいいのでは……」

取材の最後に私がそんな風につぶやくと、片山さんはにっこりと微笑みながらこう答えた。

「杉本さん、ありがとう。感謝です」

こうして私は2回にわたるペン取材を終えた。片山さんの言葉からは、当事者でなけれ

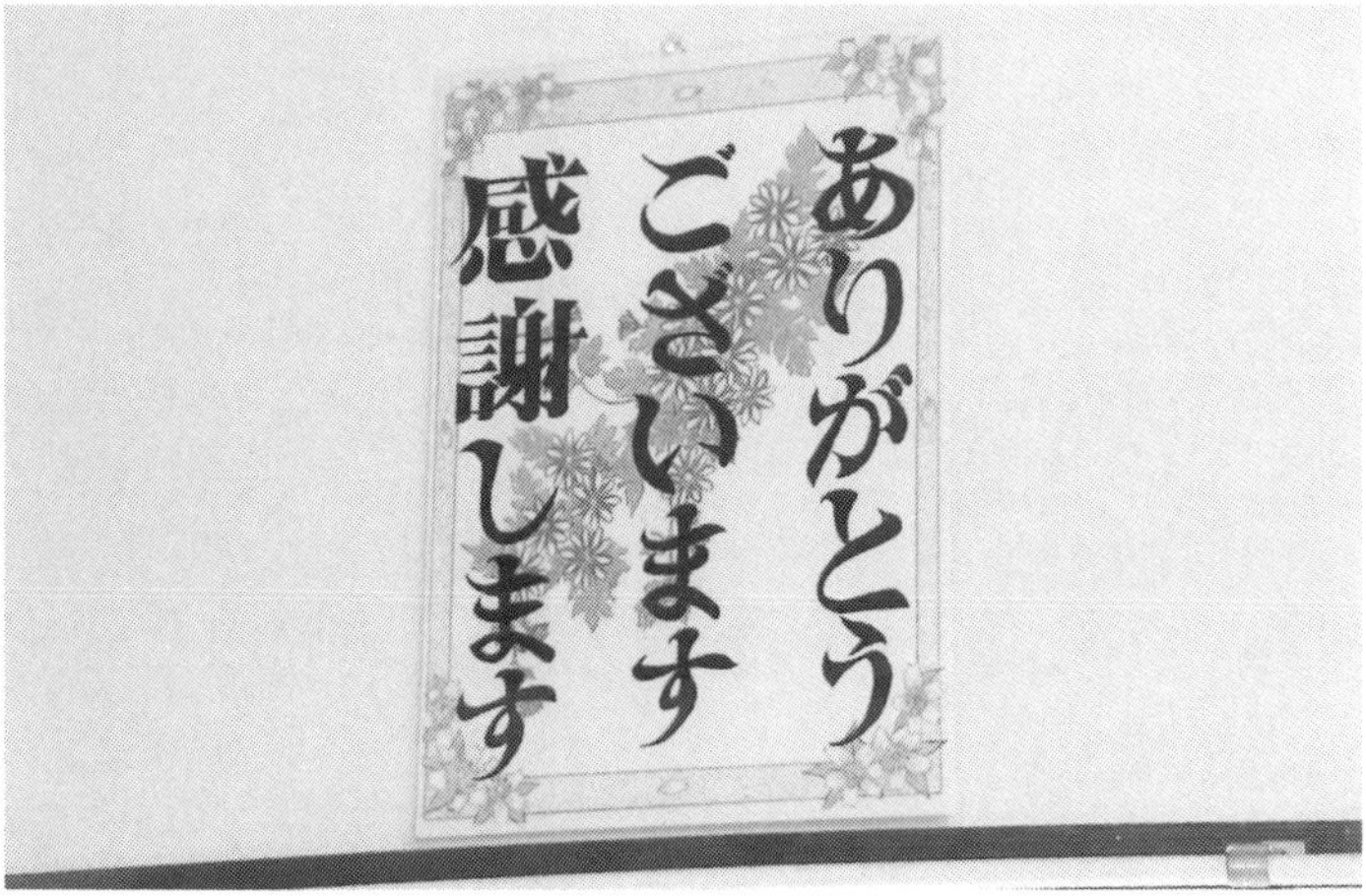

片山さんが部屋に飾っている自筆のイラスト

ば語ることができない言葉の重さを感じた。しかし、こうした話は直接放送で伝えることはできなかった。

実は片山さん、刑務所の中でAとも接点があった。同じ洗濯工場で働いたことがあり、片山さんが指示を出す役目、いわばAの上司にあたる立場だったという。片山さんが仮釈放される頃には、Aは体が弱り、ほとんど刑務作業はできない状態になっていたそうだ。

片山さんはインタビューで当時のAの様子を証言してくれた。私たちは片山さんを「仮釈放後の道を歩む無期の受刑者」ではなく、「Aを知る人物」として放送したのだった。

――「感謝」の意味とは

「無期の受刑者の更生とは一体何なのか」と聞かれれば、今なお、答えに窮するところがある。けれど、「更生している人がどんな人か」と問われたら、私は真っ先に片山さんの顔を思い浮かべる。

私は片山さんにも問いかけたことがあった。

「更生に必要なものとはなんですか？」

答えはシンプルなものだった。

「必要なのは、本人に〝変わりたい〟という気持ちがあるかどうかだと思います。自分が犯した罪について、自分がどうしてこんなことをしたのかについて、そして殺めた人の命について考え続けるのが大事です。その気持ちを維持するために必要なのが『信仰』だと思います」

片山さんにとって信仰は、更生の基盤というわけだ。

「では、償いとは一体なんでしょう？」

こちらも正直な答えが返ってきた。

「償いについては非常に難しい。償っても償いきれる罪なのか。信仰の面から言えば、神様は赦してくれる。けれど、それは事件を忘れていいという意味ではない。正直言えば、普段は忘れていることもあるんです。でも、私が周りを思いやって、いたわることを忘れなければ、自分自身がいろんな人に助けてもらって生きていることがわかるんです。そのことに感謝して生きるしか、私にはありません」

私は片山さんからある〝強さ〟を感じとった。それは自分の弱さを認め、その弱さをさらけ出して生きていく、という覚悟の強さだ。もちろん犯した罪や被害者遺族の悲しみを消すことはできない。だからこそ、片山さんも葛藤を抱え続けているし、償いや更生に終わりはないのだろう。

ただ、更生を個人の努力にだけ委ねてしまうことには違和感がある。片山さんも含めて仮釈放された無期の受刑者に取材を重ねていると、仮釈放の審理をめぐる環境やその判断は、本人の状態とは別に、家族や社会、制度の状況など、偶然の要素にかなり左右されている。

また、仮釈放後の生活にしても、無期の受刑者たちは個人の意志だけではどうにもならない問題に幾重にも直面していた。「更生にとって何が大事だと思いますか」と尋ねれば、仮釈放された受刑者も、支援者も、専門家も口を揃えて言う。

「更生は一人では決してできない。助けてくれる誰かと、出会えるかどうかだ」

縁によって生かされている。その感覚は受刑者の更生というにとどまらず、もっと人間の根本的な生き方に通じているのではないか。私にはそう思えた。

第7章

木村

刑務官たちの告白
無期懲役囚と
社会復帰の理想

2019年は、熊本刑務所にとって特別な年だった。実に6年ぶりの無期懲役囚の仮釈放があったのだ。しかも同じ時期に2人である。服役期間は61年と56年、いずれも半世紀以上を刑務所の中で過ごしている。仮釈放が許可されるまでの服役期間は、1人は日本で一番長く、もう1人はその次に長かった（なお、「不許可」になったケースでは2021年の時点で最も長い服役期間として「65年0か月」次いで「62年8か月」が存在する）[25]。

私たちの取材はこの2人の仮釈放後の生活を追うことから始まった。ただ、今回のエピソードの主人公は受刑者たちではない。人知れず無期懲役囚と向き合う刑務官たちと、「社会復帰」という理念の持つ意味について語らせてほしい。

熊本刑務所は長期刑の受刑者を多数抱え、約3人に1人が無期懲役囚だ。その刑務所の一角、刑務作業を行う工場内に設置された壇上で、一人の刑務官が受刑者に向かって、声を高らかに訴えかけた。

「このたび、当所、当工場から6年ぶりに、無期懲役の受刑者が2名も仮釈放で出所しました。自分の罪を反省して、日々の生活を前向きに考えて、規律を守り、生活し続けた結果、時間はかかりましたが、仮釈放になりました」

刑務官の目の前にも、多くの無期懲役囚が並ぶ。みなじっと黙っていて、その表情は見えない。刑務官はどこか感極まった様子で、まるで2人を〝希望の星〟のように称える。

「みなさんも、無期懲役だからといって自暴自棄にならず、一日も早い社会復帰を目指して一生懸命頑張っていきましょう！　では、終わります！」

これは実際に行われた刑務官の訓話で、職員によって記録・撮影されていた。その動画は、刑務所が報道機関向けに開いた見学会の中で披露された。刑務所側が独自に内部の人の様子を撮影して、公開するのは珍しい。

後日、この工場を訪れると、訓話が行われた壇上のそばに、とある四字熟語が書かれていることに私は気づいた。工場の受刑者に意識してもらいたいと、毎月、刑務官が掲げている言葉だという。

〝雲外蒼天《うんがいそうてん》〟

雲の外には蒼《あお》い天が広がっている。だから、止まない雨はない。いつか必ず止んで、空は晴れる。そんな意味の言葉だ。

それは、「努力をすればいつの日か、必ず更生して社会に出られる」という刑務官なりの励ましのメッセージだった。

―刑務官という仕事

刑務官という職業は、多くの人にとって遠い存在かもしれない。というより「世話にはなりたくない」と思うのではないだろうか。刑務官に四六時中、監視されることを好む人は少ないはずだ。

事件取材をする私たち記者にとっても、刑務所は身近な取材場所とは言いがたい。普段、ニュースになるのは、主に事件の発生から逮捕、そして裁判の判決までである。現在進行形の事件や裁判をニュースとして取り上げる機会はあっても、一度刑が確定してしまえばよほどのことがない限り、服役後までニュースで取り上げることは少ない。

捜査状況などを取材するため日々訪れる警察本部や警察署と違い、刑務所は気軽に足を運べる場所ではない。いきなり訪れて、現場の刑務官にダイレクトに話を聞くことはまずもって難しい。そもそも多くの刑務官は、「戒護区域」と呼ばれる場所、つまり受刑者を収容する「壁の向こう側」にいる。記者であっても入るためには許可が必要だ。

また、元警察官がニュースやワイドショーなどでコメンテーターをしている姿はたびたび見るが、元刑務官が出てくるケースはあまり見かけないように、表舞台でその仕事ぶりが語られる機会は少ない。

それでも、私たちは取材のため、たびたび熊本刑務所に足を運び、受刑者に接する刑務官たちの姿を目にしてきた。

普段、多数の受刑者とほとんど丸腰で向き合う刑務官は、傍から見ても緊張が強いられる仕事であることは間違いない。工場で刑務作業にあたる受刑者を監督する工場担当は、数人で受刑者20~40人ほどをまとめ上げなければならず、度胸が求められるほか、受刑者との信頼関係の構築も欠かせない。信頼関係ができてくると、受刑者は工場担当の刑務官のことを「担当さん」「おやじさん」と親しみを込めて呼ぶという。受刑者と密にかかわり、更生の大きな一端を担うこともあり、工場担当は「刑務官の花形」とも言われ、中には出世を望まず、現場に立ち続けることにこだわる刑務官もいるという。

刑務官になる理由は人それぞれである。取材で聞くことができたのは「大学の柔道部の先輩に誘われた」「制服を着る仕事がしたかった」「武道が得意だった」「公務員だから」などの動機だ。

中には「警察官になりたかったが、刑務所の外だと犯人が凶器を持っている。受刑者は丸腰だからまだ安全かと思った」という理由もあった。「刑務官も丸腰では？」と思わず尋ねたが、「そうですよね……」と苦笑いしていた。

刑務官は日々、一筋縄ではいかない受刑者と向き合うことが求められるため、覚悟がなければ、モチベーションを維持することは容易ではない。事実、刑務官の現場は離職者が少なくない。

法務省矯正局に取材したところ、2022年11月時点の最新のデータでは、2016（平成28）年度から2018（平成30）年度に採用された刑務官が3年未満で離職した割合は、男性で19・3％、女性で34・0％に上っていた。つまり男性の5人に1人、女性の3人に1人が3年未満で辞めてしまっているという計算だ。

そんな厳しい環境下にいる刑務官のモチベーションの一つは、なんといっても受刑者が変化し、更生に向かって立ち直っていく姿を間近で見られることだという。ある刑務官はこう語る。

「刑務官は官舎に住んでいることが多く、ある意味家族よりも長い時間を受刑者と一緒に過ごしています。出所のときに、受刑者から『お世話になりました』と言われて、立ち直る姿が見られるときが一番嬉しいですね。『二度と戻ってくるなよ』と言い聞かせます」

さながら卒業生を見送る学校の先生のようである。そういえば、Aの仮釈放の当日も、刑務官が声をかけているようだった。

その一方で、「もう戻りません。お世話になりました」と言われても、その数か月後に刑務所に戻って来る受刑者の姿を見ると、虚無感があるという。

刑務所は〝信賞必罰〟の世界とも言われる。刑務所では、他の受刑者に自分の所持品を分け与えるのは善意であっても規則違反で懲罰となる。その一方で受刑者がゴミを拾ったり、落とし物を見つけて報告したりするだけでもほめられる。

刑務官は時に厳しく、時に優しく、刑を執行する立場にいながらも、社会でやり直す希望を受刑者に見出させる指導をしなければならない。人はアメだけでもムチだけでも、心に響かず、原動力にはならないという。

「やってみせ、言って聞かせてさせてみて、ほめてやらねば、人は動かじ」

山本五十六のこの有名な格言を、刑務官手帳に入れて座右の銘としている刑務官が意外にも多くいるという逸話は、仕事柄を表しているようで興味深い[26]。

そんな現場の刑務官にとって、特に頭を悩ませる存在が、無期懲役囚だという。

ある刑務官の情熱と無期懲役

――「無期懲役囚に希望を持たすとか、そういう指導の仕方はできなかったですね……」

そう告白したのは、元刑務官の入口豊さん。大阪刑務所、滋賀刑務所など関西の刑務所を歴任し、30年以上にわたって刑務官という職業に情熱を注いできた。最後は地元に戻り、熊本刑務所で2018年まで勤め上げたキャリアを持つ。

私が入口さんに初めて会ったのは、Aの仮釈放から1週間が経った日のことだった。熊本市内の喫茶店で待ち合わせをし、杉本記者とその店を訪れた。元刑務官と聞き、目つきが鋭く、体格の良いイメージを勝手に抱いていたが、実際に会ってみると、体格は比較的小柄で細身、表情も口調も穏やかな人物であった。

私が出会ったときは退官してからすでに1年半が経っていたが、杉本記者は以前、受刑者の仮釈放や出所後の立ち直り支援を取材していたとき、熊本刑務所で会っていたという。当時は退官直前、受刑者の仮釈放手続きなどを担当する「分類審議室」の統括だった。

前述の通り、刑務官がメディアに出て語ることは多くはない。しかし、入口さんは杉本記者が「無期懲役の取材をしています」と相談すると、「私で役に立つことがあれば」と快く取材に応じてくれたのだ。

1953（昭和28）年生まれの入口さん。元々は調理師をしたり、児童養護施設で子どもの面倒をみたりしていたという。料理人という夢を目指して中華料理店で働いていたこともあったが、働きづめで身体を壊したことから、安定した公務員の仕事を家族に勧められた。何か人の成長にかかわる仕事がしたい。そんなとき偶然手に取ったのが、刑務官の募集要項だったという。

刑務官としてのキャリアが始まったのは、28歳のときだった。配属されたのは「東の府中」と並び「西の大阪」と言われる西日本最大の刑事施設、大阪刑務所。特にその一区画である「第四区」の受刑者は殺人犯が中心で、〝泣く子もダマる〟と恐れられた。[27]「公務員だから楽だろう」という甘い気持ちがどこかにあったが、イメージと現場のギャップは壮絶だったという。

現場に入ってまず衝撃を受けたのは、「カンカン踊り」だったという。カンカン踊りというのは、かつて刑務所で行われていたという身体検査の方法だ。刑務官は受刑者が工場と居室を行き来する際に、危険なものを隠し持っていないか入念に確かめる。そのために、まず受刑者たちを全裸にさせ、一人ずつ舌を出して両手と足を挙げるよう指示する。足の裏、口の中、脇や股の間も見る。受刑者はバンザイをしたまま、手のひらをクルクルとさせたりする。まるで踊っているように見えることから、そう呼ばれていたそうだ。

受刑者には暴力団員も多く、中にはジロジロと睨みつけてくる者もいたという。入口さんは恐怖を覚えたが、ここでなめられるわけにはいかない。「負けるか、コノヤロー」と気合いを入れ直したという。その身体検査自体、「新米刑務官を試す刑務所の〝洗礼〟だった」と入口さんは振り返る。

それからも気の抜けない日々が続くことになった。先輩たちの厳しい指導の下、工場や夜間の勤務では常に緊張を強いられた。実際、刑務官になったばかりのときには、非常ベルが鳴って駆けつけると、受刑者同士が血まみれで喧嘩していることもあった。所内の秩序を維持することが最優先事項で、とても「更生」などという言葉を口にできる状況ではなかったという。

「刑務官としての本分というのは第一に、受刑者に規則を守らせ、逃走させず、自殺[28]を起こさせない、といった秩序維持ですね。楽しいことっていうのは、まずない現場ですよ。新人の頃に『不快の職場だということを肝に銘じろ』とまで教えられました」

当初は「一人でもいいから真人間にしてみせる」と大きな夢を抱いていたが、過酷な現場の中で考える余裕はなくなった。そして、出所後に数年して、再び刑務所に戻ってくる受刑者を見るうちに、その夢は次第にしぼんでいったという。

――「矯正は人なり」

そんな中でも再び情熱を燃やすきっかけになる嬉しい出来事があった。刑務官として歩み始めてから4年が経った、1985年のこと。入口さんは、新しく刑務所に入ってきた受刑者を教育する「考査工場」に配属された。

このとき、覚醒剤取締法違反で懲役1年あまりの受刑者・坂東（仮名）が入所してきた。「自分の金でシャブ（覚醒剤）を買って自分で使ったのだから、誰にも迷惑をかけていない」という受刑者に、入口さんは「無駄口を叩くな」と戒めたが、坂東は反発的な態度を改めようとはしなかったという。

ある日、その坂東宛てに、刑務所の外にいる妻から手紙が届いた。中には子どもからの便箋も同封され、「お父ちゃん、病気まだですか？」と書かれていた。そこで入口さんは、坂東を呼び、手紙を手渡し「これでも誰にも迷惑をかけてないと言えるか？」と尋ねた。坂東は手紙を読み進めるうちに、涙を流し始めたという。

このときばかりは、入口さんはまくし立てるように、坂東に声をかけ続けたという。「覚醒剤の被害者がいないなら、なんで子どもに入院だと嘘をつくのか」「勝手なことをしても子どもは父親の体を心配してくれている」「涙が出るのは人間の証、泣きたかったら、誰が見ていても構わない」。そう言って、坂東を工場内の面接室に一人座らせることにした。しばらくすると、坂東の背中は震え始め、窓ガラス越しにその嗚咽が聞こえてきた。

入口さんは「自分のかけた言葉が受刑者に響いた瞬間だったと思う」と振り返る。

その後も坂東は、表面的には無愛想だったというが、内面には変化が見られたようだ。まず、日記に家族のことが綴られるようになった。それからしばらくして、考査工場での教育を終えた坂東は別の工場へ移っていった。

その翌年の秋、入口さんに1通の手紙が届いた。そこには坂東と家族が映った写真、そして、坂東の妻からの手紙が入っていた。

「その節は、主人がお世話になりました。覚醒剤とも手を切って……。主人は、先生に教えていただいた〝家族は社会の出発点〟という言葉をよく話してくれます」

刑務官は受刑者が出所してしまえば、便宜供与などの不祥事防止のため、一切かかわることができず、手紙が来ても返信はできないという。だが、この手紙を見て救われた気がした。

人は働きかければ、変えられる。消えかけていた刑務官としての情熱に、再び火が灯された。それからは、受刑者から強くあたられても、「なにくそ」という気持ちで粘り強く接し続けたという。入口さんは受刑者と感情をぶつけ合ってきた経験をこう振り返る。

「被害者やご遺族の方には申し訳ないのですが、刑務官としてはやはり『罪を憎んで人を憎まず』という気持ちを持っていないといけません。刑務官が被害者感情を意識しすぎてしまうと、受刑者を正しく処遇できないのです。何が正しいかと言われると困るんですが、『矯正は人なり』って昔は口酸っぱく言われました。人間力を高めて、それを受刑者にぶつけていく、そういう刑務官人生じゃないとダメだって」

入口さんはどこか刑務官時代を懐かしむような表情を浮かべていた。

――終わりのない者に、希望を持たせること

だが、無期懲役囚だけは例外だったと入口さんは言う。

「悲しいかな、無期の者に対して、そういう結果があったという思い出はないんですね。本当に、あまりいい表現ではないんですけれども、巡り会いたくないですね。仕事として抱えるのは、できれば避けたい」

入口さんは少しうつむいた様子で、こう語る。

「本当に終わりのない、『この日まで頑張ったら』っていう有期刑の者とは明らかに違うので。終わりのない者に、希望を持たせること、人生の目標を持たせるようなことをして、更生に導くことはできなかったと思います」

いつになれば出られるのか、見通しが立たない中で「仮釈放を目指して、とにかく規則を守れ」という言葉は、無期懲役囚には通用しない。

また、無期懲役囚は少しでもトラブルを起こせば、仮釈放の延期にかかわるかもしれず、刑務官も気を遣わざるを得ない。安易に「仮釈放できる」などといって期待を持たせすぎると、後になって絶望し、自暴自棄になることもあるという。

入口さんは、先輩の刑務官から「無期懲役の受刑者が何かトラブルを起こしたときは、短期刑（有期刑）の受刑者と比べて、ただごとでは済まない結果を招くことが多い」と言われたこともあったという。

実際に、先の血まみれになって喧嘩していた受刑者は2人とも無期懲役囚だったという。最初は単なる口喧嘩だったが、殺し合いに発展しかねない。閉ざされた空間で、終わりの見えない生活を送っていると、当然のことながら人間関係などでストレスを抱え込むことになる。入口さんは我慢に我慢を重ね、その限度を超えたとき、まるで火山が噴火するかのごとく、エネルギーが怒りとなって一気に放出したのだと推測する。無期懲役囚の挙動をコントロールすることはできないという、入口さんの話を裏付けるように、別のある刑務官は私にこう話した。

「無期懲役囚は、入所当時は自暴自棄からなのかトラブルを起こしがちだが、ある程度の期間が経つと勝手におとなしくなる傾向があるように思います。それが環境への適応なのか、諦めなのか、あるいは立ち直ろうという気持ちの芽生えなのかはわかりませんが……」

刑務官として意識的に働きかけ、無期懲役囚を立ち直らせるのは容易ではないようだ。

しかし、実際、私たちが取材を進める中では、自ら立ち直ろうと心を入れ替え、仮釈放につながった無期の受刑者が何人かいたことも確かだ。たとえば、第6章で話を聞かせてくれた片山さん（仮名）がそうだった。彼にとって、立ち直りのきっかけになったのは刑務官の一言だったというのだ。

また、Aを知る松下さん（仮名）も、刑務官の存在が転機となったと証言していた。松下さんは、強盗殺人の罪で無期懲役囚として服役し、Aの仮釈放から3週間後に同じく熊本刑務所から仮釈放された。その服役期間は56年。２０２２年までの公開記録では、いわば〝日本で二番目に長く服役した男〟だ。

松下さんも20代で収容された直後は、所内で何度も「事故」（刑務所内での規律違反のこと）を起こし、懲罰を受けていたという。

「刑務所の中では立場上、刑務官が〝敵〟になるでしょ。受刑者の間でも話す話題と言ったら、『あの刑務官はダメだ』など、職員の悪口ばっかりですよ。しばらくの間、何回も

〝事故〟を起こしました。担当の刑務官に暴言を吐いたり、石を投げつけたり。『もうどうにでもなれ』とやけになって、殴りつけたこともありました。今思うと、自分でも手に負えないやつだったと思います」

松下さんは、仮釈放による社会復帰などをまったく考えることができなかった。一時は自暴自棄になったほか、幻覚や幻聴の症状も現れるなど、精神に異常をきたし、医療刑務所に移送されたこともあるという。

しかし、そんな松下さんの転機となったのも〝おやじ〟と呼ぶ担当刑務官の存在だった。

「一人だけ真剣に声をかけてくれた〝おやじ〟がいたんです。『俺がちゃんと面倒見るから。俺の言うことは聞けるか？』と言われたんですね。『やってみます』と言ったけれど、最初は半信半疑でした。口先だけなら誰でも何とでも言えますから。けれど、この人は違った。自分の持ち場を離れた場所でも、他の刑務官に自分のことを、頼み込んでくれた。それ以来、職員とも口論もしなかったし、周囲の受刑者たちと喧嘩もしませんでしたね。18年間の無事故。そうしたら、仮釈放の面接があったんです」

彼らの証言から示唆されるのは、刑務官が無期懲役囚をコントロールして改善更生させるのは難しいが、受刑者は自らの内面に何らかの変化が起きているときに、刑務官の言葉や態度に立ち直るきっかけを見出す可能性はあるということだ。刑務官のどんな振る舞いが、どのタイミングで無期懲役囚を更生に導くかはわからない。だが、受刑者にとってその振る舞いが「希望」として映り、安心して変わろうと努力できる環境が整えられるならば、立ち直りは不可能ではないのかもしれない。

――無期懲役の「終身刑化」と刑務官の新たな役割？

刑務所の秩序と受刑者の立ち直りを支える刑務官。だが、最近は新たな役割が課されているかのようにも見える。それが、受刑者の〝最期の看取り〟である。

〝終身刑化〟が指摘される中、現場で起きていること。元刑務官の入口さんは、病気などで亡くなる直前の受刑者が運び込まれる医療刑務所にも勤務した経験があり、そのときの様子をこう振り返った。

「特に高齢で長期刑の人なんかっていうのは、無期なんかの人でも、引受人がいない、身寄りがもういないんですよね。社会で待っている人がいないんですよ。亡くなると遺骨すら引き取る者がいない。ですから、医療刑務所の霊安室には、本当に数えきれないぐらい遺骨が並んでいきます」

仮釈放が許されなければ、無期懲役囚に待っているのは〝獄中死〟だ。データがその現実を物語っている。法務省のデータによれば、新規に仮釈放された無期の受刑者に対して、刑事施設で死亡した人数は3倍近くに上っている[29]。

入口さんは視線を少し落としながらこう続けた。

「ただ、考えようによっては、重大事件の被害者でしたら、獄中死も自業自得、当然の結果だって見方をする人もおるでしょうし、特に被害者の方であれば、それも仕方ないことだと思いますけどもね……」

刑務官としてはやりきれない。立ち直らせようと導くはずだった相手が、次々にいなくなる。言葉には出さないが、その表情からは悔しさや自責の念がにじみ出ていた。


すでに触れたように、日本でも2008年から翌年にかけて、実際の制度として、「終身刑」を導入しようとする動きがあった。このとき、現場の刑務官の職務という観点から法案を再考するよう求めた専門家がいた。桐蔭横浜大学の河合幹雄教授だ。

無期懲役の運用動向に正面から向き合った河合教授の著書『終身刑の死角』は、私たちも取材の中で読み込んだ1冊だ。河合教授は、仮釈放なしの終身刑の導入のリスクについて、こう警鐘を鳴らしている。


もともと刑務所内での矯正教育にせよ、あるいは秩序形成のための手立てにせよ、結局は「いつか外に出るときのための準備」を前提としてシステムが構築されており、日常的に受刑者を指導するあらゆる仕組みも究極的にはそれに依存するかたちで効力を維持してきた。（中略）「仮釈放なしの終身刑」の導入がもたらす先行きを見とおすと、予測される重大な結論の一つは、秩序を揺るがしかねない暴発的な行動が起こる危険性を孕むだけではなく、秩序維持をはかるすべての仕組みが陳腐化する恐れさえあることだ。[30]

刑務所は自由を制限する場所でありながら、そこに社会復帰につなげる機能を持たせることで、秩序が保たれている前提がある。もし、その前提が崩れるようなことがあれば、刑務所がもたらしている社会的な秩序そのものが、崩れるおそれがあるというのだ。

結局、終身刑を創設する法案は成立しなかった。導入される案に対して、終身刑を運用することになる法務省と処遇現場の刑事施設は、どう考えていたのか。当時の肌感覚や社会情勢を知りたいと、私たちは河合教授にインタビューを申し入れた。河合教授は、その中で当時をこう振り返った。

「法務省の役人たちも、さすがに終身刑が導入されれば、現場が維持できないという懸念を持っているようでした。日本の刑務官というのは受刑者の規律違反にはものすごく厳しい一方、受刑者側に立って話を聞いて世話をするという伝統があります。そこで、仮釈放がなくなると、刑務官にも受刑者にも目標がなくなってしまうということですね。実際、終身刑を導入した諸外国の対応を調査してみると、ものすごく苦労している様子がうかがえました」

このように仮釈放は、無期懲役囚を統率する上で有効な手段であるようだ。それは無期懲役囚に先の見通しを持たせるだけでなく、刑務官自身の職務の根幹にもかかわるようである。冒頭の熊本刑務所での訓話はそこに意味があるのだろう。

河合教授によると、終身刑の導入は回避されたが、その代わりに、法務省は現行の制度の運用で〝終身刑化〟を推し進める形をとったという[31]。だが、その結果は、ますます現場の刑務官にとって、頭の痛いことになるのではないだろうか。

私はある刑務官の一言に、答えることができなかった。

「獄中死した受刑者の中には、親族がいなかったり、親族に断られたりして、遺骨を引き取ってもらえない人もいる。死を目の当たりにすると『この人は何のために生まれてきたのか』と考えます。記者さん、あなたに血のつながりもない、誰の者ともわからない骨を壺に入れる気持ちがわかりますか？」

――懲役刑の源流　熊本藩と「社会復帰」の思想

このように「社会復帰」は現場の刑務官にとって、自らのモチベーションを維持するものであると同時に、刑務所内の秩序を維持する理念でもあった。ところで、そもそも「社会復帰」という理念は、どのように刑罰システムの中に組み込まれたのだろうか。

取材を進めていると、ふとある記事が目にとまった。そのタイトルは「熊本藩に懲役刑のルーツがあった」というものだった。

そのときはさらっと読み流しただけであったが、熊本藩に懲役刑のルーツがあるというのがどうにも引っかかった。懲役とは、そもそも犯罪者の社会生活の自由を奪う「自由刑」の一種で、さらに刑務作業を行わせるという点で、禁錮や拘留とは異なる刑罰だ。これはてっきり明治時代になって西欧から取り入れた思想や制度だと思っていた。

西欧では近代以前、公の場での処刑など、目に見える形での「身体刑」が主流で、罪を犯した者の自由を奪って「監獄」という場所に閉じ込めるのが刑罰になるという発想は、当たり前ではなかったという[32]。西欧での「近代的自由刑」の起源とされるのは16世紀末のオランダの「アムステルダム懲治場」で、そこではホームレスや窃盗犯などを閉じ込め、規律ある生活の中で労働習慣を植え付ける処遇が行われたとされている。

しかし、日本の「懲役」という刑罰制度の根底には、実は西欧由来ではない「社会復帰」

の思想的潮流があって、しかもその源流は熊本にあったというのだ。それまでの取材では聞いたことがなかったが、もしや何かゆかりのある土地なのではないか。私たちは気になって、歴史の専門家に直接話を聞くことにした。

「懲役刑の源流は熊本藩の刑罰制度にあります。日本の更生保護事業は熊本から始まった、といっても過言ではありません」

こう話すのは、日本法制史を研究し、江戸時代の刑罰制度に詳しい國學院大學の高塩博名誉教授だ。高塩名誉教授によると、「社会復帰」の思想に基づき、犯罪者を施設に拘禁して強制労働を課す「徒刑《とけい》」制度を江戸時代にいち早く導入したのは、熊本藩だったという。

高塩名誉教授によれば、江戸時代の刑罰制度は藩ごとに整備され、その中心を占めていたのは「死刑」と「追放刑」であった。しかし、それらは矛盾と弊害を抱えていた。追放といっても、島流しではなく、実際は山岳部や僻地に追いやるものが多い。追いやられた者は飢えや寒さのため再び盗みなどの罪を犯し、親族や知人を頼って元の地域に戻ってくる。つまりは、一時的に不都合な人間を排除しても、結局、犯罪者を別の地域に移すだけ。再び罪を犯せば、死刑となる。今でいう「再犯防止」につながっていなかったということだ。

「熊本藩では、追放刑に対して『犯罪人を穽《おとしあな》に入れておいて、殺すようなものだ』という批判がありました。政治が対処をせずに犯罪者を生み出し、殺している。為政者の責任を問う批判でした」

こうした問題点が指摘される中、18世紀半ば、熊本藩の6代目藩主・細川重賢《ほそかわしげかた》は藩政改革にあたり、中国の明の時代の法律を参考にしながら、1761（宝暦11）年に、「刑法草書《けいほうくさがき》」という体系的で完成度の高い刑法典を施行した。

注目すべきは、このときに追放刑が廃止され、代替刑として制定されたのが「徒刑」ということだ。いずれも犯罪者を1年から3年の間、「定小屋《さだめごや》」という収容施設に拘禁し、その期間は強制労働を行わせる刑罰だった。具体的には、午前8時から午後3時まで、熊本城の堀や城郭の修繕、雨の日はわら細工などといった労働に従事させたという。まさに日本における「近代的自由刑」と「懲役刑」のはしりであった。

そしてこの刑罰制度が意義深いのは、刑罰の目的が犯罪者の「社会復帰」にあったということだ。

まず、その制度の特徴は「作業有償制」「強制積み立ての制」「元手の制」という3つにあるという。当時の強制労働には一定の賃金が支給された。その半分は生活必需品を買うため本人に与えられ、もう半分は強制的に貯蓄させられていたが、後者は釈放後の生活費や生業に就くための資金に充てられたということである。

さらに、徒刑囚はたびたび集められて担当の役人から「説諭」を受けるほか、釈放時には身元引受人も呼ばれ、釈放後の就業の世話などがあわせて命じられた。今でいう、「就労支援」や「保護観察」である。このように、徒刑制度の中核には教育・指導の発想があったと高塩名誉教授は強調する。

「いわば刑罰の考え方が180度転換したんです。共同体にとって不都合な者を排除するという思想に基づく刑罰から、もう一度自分たちの社会、つまり共同体の内部で暮らせるように面倒を見ようという考えに基づく刑罰へと変わったわけです。当時使われた〝悔《かい》〔改〕過遷善《かせんぜん》〟という言葉は、文字通り過ちを改めて善に遷《うつ》らせるという教育刑の発想を示したものでした」

こうした制度は再犯防止に大きく貢献したようだ。熊本藩は当時、再犯動向を探るため、徒刑囚の釈放後に追跡調査まで行っている。その結果、全体では7割以上、窃盗を除けば9割が再犯に至らなかったという記録まであるという[33]。

また、高塩名誉教授によると、熊本藩の徒刑制度は他の藩にも波及し、ひいては江戸幕府の政策にも影響を与えたそうだ。「寛政の改革」で有名な江戸幕府の老中・松平定信は、熊本藩主の細川重賢ともやりとりをしていて、幕府の政策として無宿人を収容する「人足《にんそく》寄場《よせば》」制度を作る際、熊本藩の徒刑制度を参考としたという。

さらに明治になると、江戸時代の藩をベースにした追放刑は、藩を廃止した統一国家を目指す明治政府にとっては都合が悪く、そこで取り入れられたのが熊本藩由来の徒刑制度で、のちにこれが「懲役」に置き換えられたということである。

こうした「懲役」の源流を知ると、熊本の地で更生保護の動きが盛んで、私たちが取材を進めてきたのも決して偶然ではなかったのでは、と考えたくなる。

2022年6月の刑法改正で、「懲役」という刑の種類は115年ぶりに改められ、「拘禁刑」へと変更されることになった。

この改正で刑罰の目的ははっきりと「社会復帰」の方を目指すものとなり、より教育・指導を重視することになるだろう。そうした動きの背景には、歴史の中で積み重ねられた思想と制度の実践があり、そして同時に刑務官たちが向き合ってきた思いの蓄積があるのかもしれない。

――「最期は娑婆で」

熊本市中心部を流れる、一級河川の白川。その土手沿いにある公園の片隅に、人知れずその場所はあった。

フェンスに囲まれた四角い区画の入口には「熊本刑務所之廟」と書かれた表札がある。熊本刑務所の墓だ。〝獄中死〟したのち、遺骨を引き取る人がいない受刑者が埋葬される場所である。

そこは周囲を木々に囲まれていて、人目を避けるように、ひっそりと佇んでいた。夕暮れ時、白川の土手ではランニングをする人や、犬を散歩させる人たちが行き交う。そんなのどかな風景とは対照的に、誰も立ち寄ることはないこの場所にはどこか寂寥感が漂う。

中に入ると墓石が全部で14基立っている。が、花が供えられている様子はなく、地面には緑色の苔が生えている。敷地内には落ち葉などはなく、誰かが定期的に来て、掃除はしているようだ。聞くところによれば、仮釈放が間近に迫る熊本刑務所の受刑者は、出所前に墓の掃除を命じられることがあるらしく、獄中死せずに社会に戻れる意味をここでかみしめるのだという。

墓石には「解脱墓」や「合葬之碑」といった文字が彫られている。そして、その側面には「自明治三十八年十二月　至昭和六年十二月　埋葬者六十名」などの刻字。明治38年といえば1905年、日露戦争が終結した年でもあり、相当古い歴史があるようだ。

また、「三池刑務所在所中死亡者　一千四百六十八名」と彫られた墓石もある。時代までは見当たらないが、福岡県のホームページによると、三池刑務所は1883（明治16）年に当時の内務省によって設置された旧「三池集治監」のことである。近代化を進めていた日本は国策として労働力不足を補うため、受刑者を三池炭鉱の採炭作業に従事させたのだった。それは、1931（昭和6）年に炭鉱での「囚人労働」の禁止によって三池刑務所が廃止されるまで続いたという[34]。

「二千四百六十八名」という死者の数が強制労働の過酷さを物語っている。日本の近代化を陰で支えていたのは受刑者でもあったのだ。

ただ、ここに眠っているのは、遠い過去に獄中死した者だけではない。

社会に戻ることのなかった受刑者で、遺骨の引き受けを家族に拒まれた者や、そもそも家族さえいない者たちは、こうして刑務所によって〝永代供養〟される。その中には無期懲役囚として獄中死した者も含まれる。ここには年に1回、盆の時期になると刑務官数人と教誨師が訪れ、亡くなった受刑者を供養するという。

無期の受刑者は、仮釈放されても保護観察という国の監督下に置かれるため、死ぬまでその刑がその身体にまとわりつく。今こうして埋葬されて初めて、彼らの魂は真に釈放されているのかもしれない。

だが、一方で刑務官はどう思うだろうか。完全なる釈放はないとはいえ、地上での「社会復帰」を望んでいるのではないだろうか。取材をしていると、ついそんなことを考えてしまう。

「余生を穏やかに過ごしてほしい。せめて最期は娑婆で死なせてやりたい」

ある刑務官がもらした一言は重く、いつまでもこびりつくようにして耳に残っている。

第8章

杉本

遺族は今
母との思い出を
辿って

取材が始まって3か月。私たちはある行き詰まりに直面した。

受刑者などの「加害者」の取材で、私たちが常に考えなくてはならないのは「被害者」のことである。ただし、取材が難しいのは被害者が声を上げているケースではない。被害者がはっきりしていて、居場所や連絡先がわかるならば、できるだけ加害者と被害者の双方の立場を取材して、どちらの主張にも耳を傾ける。

しかし、Aの事件のケースでは、「被害者」は亡くなっており、岡山市のかつての事件現場周辺を訪れて取材したが、遺族がどこにいるのか、わかっていなかった。

私たちはAの取材を進める中で、たびたび上司や同僚から次のような指摘を受けてきた。

「被害者がいる中で加害者を取材する理由は何か?」

「遺族の方が見たらどう思うのか?」

番組の打ち合わせのたびに、上司や同僚から繰り返し投げかけられる被害者についての問い。できるならばAの事件の被害者遺族から直接話を聞かなければいけない。その思いは取材班の3人も共有していた。だが、私たち取材班は答えを持ち合わせていなかった。

強盗殺人のような重大事件で、被害者遺族は「無期懲役」という刑罰をどう受け止めているのだろうか。また、長い年月を経たのちの仮釈放について、どう感じるのだろうか。答えが見えない中、インターネットで「無期懲役　仮釈放　被害者遺族」などと検索していると、あるブログの記事が目にとまった。

「犯罪被害者遺族として―32年後の手記、無期懲役囚の仮釈放について考える」

タイトルにはこうあり、ブログの記事は次のように始まっていた。

最近、半分うつ状態で何もやる気が起こらない。ブログにも書きたいことがたくさんあるのだけれども、キーボードに向かっても何も書かずに、wordpressの画面を閉じてしまう。ブログのテーマとはかけ離れているけれども、これを書かなければ一歩も前に進めないから、自分のために書き残しておくことにした。

日々の生活の様子が綴られたブログの記事の一覧の中で、一つだけ明らかに異質な内容だった。

ブログによると、投稿の主は30年以上前に母親を強盗殺人事件で亡くし、長い時が経って、事件のことを忘れて生活していたある日、突然検察庁から電話がかかってきたという。検察官から「母親を殺害した受刑者の仮釈放審理が始まるから、遺族としての意見を聞きたい」と求められたということらしい。「犯人はとっくに仮釈放になっていると思っていた」と、記憶を呼び覚まされて戸惑いを隠せない様子が綴られていた。

無期懲役の事件の被害者が書いているブログはほとんど見かけない上に、内容からただならぬ思いを感じ、私は今すぐにでも話を聞きたいと思った。しかも、ブログの投稿主はどうやら隣県の大分県に住んでいるらしい。

ブログの問い合わせ欄から連絡を取ってみると、さっそく投稿者の男性がメールで返事をくれた。取材の趣旨を伝えたところ「自分も考えをまとめる機会にしたい」として、取材を承諾してくれたのだった。

――取り戻せたはずの母との時間

「私の場合、犯人が死刑になろうと、一生刑務所暮らしになろうと、厳罰化では気持ちが晴れることはありません。まして、第三者が『被害者遺族のためには、犯人を死刑にしろ！』と叫ぶのには違和感があるんです」

こう話してくれたのは、あのブログを書いていた当人、岸村紀夫さん（仮名）だ。

熊本市内から車でおよそ4時間。私がカメラクルーとともに岸村さんを訪ねたのは、2019年のクリスマスのことだった。到着すると岸村さんは温かく迎えてくれた。普段は個人の学習塾を経営する岸村さん。この日は、授業で使う教室の一角を借りて、インタビューをすることになった。

岸村さんは当時67歳。3人きょうだいの長男として、製材所を営む父と、母・タミ子さん（仮名）の元で育った。戦時中、軍人だった父は厳しい性格で、よく叱られていたという。一方、母は優しい性格で、岸村さんは「母ちゃん、母ちゃん」と、いつも甘えていた。そんな両親だが、岸村さんが小学生の頃に離婚。岸村さんたち3人きょうだいは父に引き取られたため、父の再婚相手の継母の元で育ち、それからしばらく、タミ子さんと会う機会は少なくなっていた。岸村さんは幼心に「俺は母ちゃんがいなくたって生きてやる」と一人つっぱっていたという。

大学入学を機に地元を離れた岸村さん。学生運動の機運が残るキャンパスで政治活動にのめり込み、授業にはほとんど出席せずに各地の大学での活動に明け暮れていたそうだ。この頃一度、タミ子さんが部屋を訪ねに来てくれたが、留守にしていて会うことはなかったという。

卒業後はサラリーマン生活を5年ほど送ったが、人間関係になじめず離職。それを機に地元に戻り家業を手伝うなどしていたが、経営不振で父親が引退したことをきっかけに、そこから身を引き、個人塾を開設した。父親が亡くなってからは、継母との関係もなくなり、娘が生まれたことが、母と再会する転機となった。

当時、タミ子さんは離婚後に宮崎県に移り住み、一人暮らしをしながら食堂を経営していた。およそ20年ぶりの再会。孫を連れて行くと、とても喜んでくれた。

幼き日々のような関係に、すぐには戻れないかもしれないけれど、これからゆっくり失われた親子の絆が取り戻せばいい。岸村さんはそう思って「また来るね」と約束した。

しかし、その約束が叶うことはなかった。事件が起きたのは、１９８７（昭和62）年秋。深夜、タミ子さんが自宅で就寝中、突然、男が忍び込んできた。気がついたタミ子さんは声を上げたが、発覚を恐れた男はタミ子さんを布団に包んで縛った上で、首を絞めつけた。男は自宅内にあった金庫を奪って逃走。男は食堂の常連客で、パチンコなどで作った借金の末に、金に困って犯行に及んだ。タミ子さんは窒息死で亡くなった。

塾の授業中に一報を受け取った岸村さん。気が動転し、現実として受け止められなかった。経営が軌道に乗り、母との関係が取り戻せると思っていた矢先だった。

男は逮捕され、裁判の結果、無期懲役の判決が言い渡された。岸村さんは当時をこう振り返る。

「裁判の中で男の犯行が明らかになってくると、無性に悔しさがこみ上げてきました。人一人殺しておいて、なんで死刑にならないんだ。こっちは殺されているのに、なんであっちは生きているんだ、みたいな気持ちが強かったですね、やっぱり判決直後は」

裁判が終わっても、やり場のない感情だけがあふれ、事件から1年ほどはどこかボーッとしたような、うつろな日々が続いた。

だが、日々の忙しさの中で、次第に事件のことを考えないようになり、犯人のことも忘れていったという。自分の内にある感情と向き合うことを無意識に避けていた。


事件から32年が過ぎた2019年2月。岸村さんの元に1本の電話があった。電話の主は地方検察庁の検察官だった。

「受刑者の仮釈放の審理が始まるので、ついてはご遺族の意見をうかがいたい」

寝耳に水だった。仮釈放の審理とは一体なんのことか。一瞬、何を言われているのかわからなかったが、ハッと母の事件のことだと気づいたという。

「まだ刑務所の中にいたのか……」

それが最初の印象だった。無期懲役囚の仮釈放については知識がなかったため、もうとっくに刑務所から出ているものだと思っていた。検察官に対しては適当に相づちをうったが、動揺は隠せなかった。

急なことでどう返事をして良いのかわからず、「少し考えさせて下さい」といったん回答を保留し、後日意見を伝えることにした。

岸村さんに異変が起きたのは、その直後からだった。今まで経験したことのないような感覚に襲われた。突然、母親の記憶がフラッシュバックしてきた。次から次に、脳裏に浮かんできて抑えきれない。

60年以上前、幼い頃に母と過ごした濃密な日々。

30数年前、母に会いに行って孫を見せたときのこと。

つっぱってばかりいたけれど、本当はもっと親孝行できたんじゃないのか。

小学6年生のとき、自分がちゃんと離婚に反対しておけばよかった。

父の死も、母の死も、全部自分が悪いんじゃないか……。

開いた傷は塞がらない。記憶の渦に飲み込まれ、自責と後悔の念だけが強まっていった。

「いろんな気持ちがあふれてきて、自分ではどうしようもなくて、だんだん思い出しているうちに、うつ状態というか、何事にもやる気がなくなってしまって……。事件の後は、その記憶をずっと抑えていたと思うのですが、それがいっぺんに吹き出してきた感じでした」

「遺族」と「市民」の狭間で

気を紛らわせるために、岸村さんは無期懲役囚の仮釈放の実情について調べ始めた。すると、思いがけない発見があった。

法務省のホームページや記事などを見ると、近年、無期懲役囚が仮釈放されるまでの平均的な期間は30年を超えていることがわかった。かつては、人を殺しても死刑にならず、何年かすればまた社会に戻ってくると思い込んでいたが、現実は違った。

調べる中で、岸村さんには次第に2つの相反する感情が生じてきた。遺族としては、無期懲役囚は死ぬまで出さないでほしい。一方で、社会全体のことを考えると、30年というのは長すぎるのではないか。

岸村さんの中で、「遺族」としての立場と、社会の一員である「市民」としての立場の間での葛藤が始まった。

岸村さんを訪ねた頃、無期懲役の判決が相次いで報道されていた。2015（平成27）年に埼玉県熊谷市でペルー人の男が小学生2人を含む6人を殺害した事件で、一審の裁判員裁判では死刑判決が宣告されていたが、二審の東京高等裁判所は2019年12月、死刑判決を取り消して無期懲役を言い渡していた（その後、確定）。

また、2018年に東海道新幹線での3人殺傷事件を起こした男（犯行当時22歳）の裁判も行われていて、被告人は公判で「一生刑務所に入りたかった。無期懲役になりたい」「刑務所を出たらまた人を殺す」などと話した。そして2019年12月18日、その希望通り無期懲役の判決が出ると、法廷で「控訴はしません。万歳三唱します」と言って、「ばんざーい!」と3回繰り返す言動を行い、注目を集めた[35]。

これらの事件について、インターネット上では「遺族感情を考えると死刑にすべきだ」といった書き込みが少なくなかった。

岸村さんは遺族の気持ちに心よせながらも、世間の風潮には違和感を覚えたという。

「確かに、事件後に遺族が厳罰を望まないことはないと思います。私もそうでした。けれど、遺族が厳罰を望む気持ちは、迷い苦しんでいる複雑な気持ちからだと思います。それに対して第三者が、その感情を勝手に代弁して『なんで無期懲役なんだ、犯人を死刑にしろ』と叫ぶのは、おかしいと思うのです。厳罰を強調する言葉の裏には、社会にとって異質なもの、邪魔なものを排除しようとする意識があるように感じます」

かつて人間関係になじめず、勤めていた会社を辞めたという岸村さん。自分自身、「社会にうまく適応できない」「レールから外れた」と、いつもどこかで疎外感を覚えてきたという。厳罰を望み、犯罪者を社会から排除しようとする風潮は、いつか自分のような生きづらさを感じている人間にも向くのではないか。そんな得体の知れない恐怖を感じていた。

「遺族のため」という言葉が一人歩きする現実。迷い、苦しんでいる遺族の存在を、安易に自らの主張に利用することは、時に、遺族の傷を余計に広げてしまうのではないか。話を聞きながら私はそんなことを考えていた。

インタビューはすでに1時間を経過していた。最後にもう一度、亡くなった母・タミ子さんについて尋ねた。

「お母さんに伝えたいことはありますか？」

すると、岸村さんは少し遠くを見るようにして答えた。

「生きている間に、もうちょっとね、いろんなことをしてあげたかった。ただそれだけなんです。母と過ごせたかもしれない時間を想像するとね、涙がね、ちょっとだけね……。それだけが一番、つらい……」

岸村さんは言葉をつまらせ、目元をぬぐっていた。

仮釈放への考え方は、岸村さんきょうだいの中でも割れていた。母と別れたとき、まだ幼かった妹と弟。大人になって3人はそれぞれ離れた場所で暮らしていて、これまで母タミ子さんのことについて話すことはほとんどなかったが、検察官からの電話以降、連絡を取り合っていた。

岸村さんの妹は「仮釈放には絶対に反対」という立場だった。いくら改心したとしても、母親の気持ちを考えたら、仮釈放はとても受け入れられるものではないという。

また、弟は「再犯の恐れがあるから反対」という立場だった。受刑者が60歳を過ぎ、たとえ仮釈放されても社会に適応できないだろうという見立てだということだ。

「遺族の感情」と一口にいっても、それは同じ家族の中でも一人ひとり異なるという事実。まして、一人の心の中でも一つにまとめきれない。ネット上で流れる〝被害者〟や〝遺族〟についての言説と、現実の遺族感情の乖離を感じずにはいられなかった。

――「厳罰化」と「再出発」　見落とされる視点とは

実際、被害者や遺族の感情が一様でないことは専門家も指摘している。第7章でも話を聞いた河合幹雄教授によれば、殺人事件の直後、遺族がメディアに向かって「加害者に極刑を望む」などと〝厳罰化〟を訴えるのは、あくまで被害者の感情の一側面だという。

遺族の感情は事件直後、急激な変化に見舞われる。「悲嘆」「憤怒」「虚脱」といった異なる感情を行き来し、変化の波が周期的に襲ってくるという。メディアに心情を表明するのは、怒りの感情が強く、活力がある状態のときに生じやすい。したがって、「遺族がみな、いつでも厳罰化を求めている」というのは誤解で、実際にはより複雑な感情が入り交じっているというのが、河合教授の見立てだ。

河合教授は被害者の傷つけられた心の「回復」や、事件によって大きく乱された人生の「再出発」の可否という観点から、厳罰化に対する被害者遺族の意見を大きく3つのグループに分けて、次のように整理している。

①厳罰化を望んでいるグループ

このグループは、「加害者に対して極刑を望む」などと言っても、そこには単純な復讐感情ではなく、実は複雑な感情が渦巻いている。たとえば、傷つけられた自尊心や、やり場のない敗北感など、ひどく打ちのめされて負ったダメージの反転として、ある種の攻撃性を帯びる傾向がある。一方で、加害者はのうのうと生きながらえているのに、自分だけがこんなひどい目にあうのは不公平だ、といった感情も入り交じることがある。

②厳罰化を望まないグループ

熟慮して「人の命は大切だから」などと理由を述べた上で、「極刑は望まない」とメディアに表明する人もいれば、自分の生活に精いっぱいで加害者のことなどどうでもいいと考える人もいる。

③外部に一切意見を発信していないグループ

このグループの特徴は、周囲に助けてくれる人たちがいたということである。その人たちによって保護され、事件直後に外部に意見を発信しないで済んだという側面がある。

河合教授によると、①と②のグループは、比較的メディアに登場する機会の多いグループで、いわゆる「被害者感情」のイメージを作り出しやすい。しかし、同時に事件によってかき乱された社会生活から「再出発」が十分にできていない被害者遺族が多いという。①のグループは事件のことが頭から離れず、悲しみや怒りが断ち切れないため、厳罰化を求めていると思われ、②のグループも死刑までは望まないと〝頭で考えた正しい結論〟をメディアに表明しても、それは自分自身の再出発にはつながっていないことが多いという。

ここで「再出発」にとってポイントとなるのは、親密な関係にある近親者や職場の人々など、「周囲の人たちの助けがあるかどうかだ」と河合教授は指摘する。逆に事件の不幸の最中にそうした人たちから冷たくされたという経験は、被害者遺族の立ち直りを妨げるという。

一方、メディアにあまり登場しない③のグループは「再出発」した人が多いとされる。近親者や周囲の人々に支えられることで、加害者や周囲の冷たい言動に囚われすぎずに済むため、〝厳罰化をすべきか否か〟と発言するモチベーションが上がりづらいという。[36]

こうした議論を踏まえて、河合教授は私たちのインタビューにこう答えた。

「被害者が『許せない』と思うのは当然ですし、『許す』必要はないのだと思います。むしろ、遺族にとって大切なことは、周りがサポートすることであり、目指すべきは厳罰化ではなく、再出発できるような『回復』の過程です」

——岸村さんが「答え」に行き着くまで

意見が違うなら、違うままでいい。岸村さんたちきょうだいはある決意をした。「意見等聴取制度」と呼ばれる国の制度を利用して、2020年1月に受刑者の仮釈放を審理・判断する地方更生保護委員会に、3人で意見を述べに行くことにしたのだ。

これは被害者の支援を目的に2007年から始まった制度で、受刑者の仮釈放の審理にあたって、被害者が申し出れば仮釈放についての意見や今の心情を述べることができるものだ。

意見を述べるにあたって、岸村さんが最も気がかりだったのは、受刑者自身の受刑態度だった。岸村さんは無期懲役に関する書籍を読み、制度も調べる中で「加害者が本当に改心しているならば、仮釈放に同意しても良い」と考えるようになっていた。

だが、32年の間、受刑者から謝罪の手紙が来たことはなかった。本人の意思か、周りに止められているのかを知る術はない。刑務所での受刑者の様子を知る唯一の手がかりは、被害者や遺族が利用できる「被害者等通知制度」を使って検察から届けられた受刑者の評価通知だった。しかし、それも通知表のように段階別で受刑態度が評価されているだけ。評価もごく平均的なもので、具体的な態度の記述は何もなかった。

意見を述べに行く前日、岸村さんは取材班に複雑な思いを口にした。

「犯人が何を考えて、どんな生活を送ってきたのかが全然わからない状態では、判断しづらいですね。できるなら、犯人と会ってみて、この人は反省しているのか確かめてみたいと思ったりするので、そのあたりも意見を述べようと思います」

その日、岸村さんは朝から少し疲れた表情だった。

「昨日はあまり眠れませんでした」

2020年1月24日。岸村さんは大分県から在来線と新幹線を乗り継ぎ、中国地方更生保護委員会がある広島市を訪れた。私たち取材班も同行させてもらい、委員会との約束の時間の前に、改めて岸村さんに話を聞いた。

「タバコを1本だけ吸ってもいいですか？」

「ごゆっくりどうぞ」

岸村さんはベンチに腰掛けると、広島市内を流れる川を見ながら、タバコに火をつけた。まるで深呼吸をするかのように深くタバコを吸った。タバコを持つ手に落ち着きはなかった。

「今日、一番訴えていきたいことはなんですか？」

「結局、私としては、本当に犯人が更生しているんだったらいいかな、と思うんですけど、現状では犯人は特段、模範囚というわけでもない。だったら、できれば仮釈放しないでいただきたい。そういう風に述べようかと思っています」

岸村さんの気持ちに大きな変化はなかった。限られた情報の中で、岸村さんが悩み抜いた末の答えだった。

そして、約束の時間。岸村さんは、広島城の近くの委員会がある建物の中へと入っていった。私たちはなんと声をかけて良いのかもわからず、「頑張って下さい」とも「行ってらっしゃい」とも言えず、ただただ「外でお待ちしています」とだけ伝えた。その背中はこわばっているようで、けれどその確かな足取りは覚悟を決めた歩みにも見えた。

およそ1時間半後、岸村さんが建物から出てきた。

「どうでしたか？」

「良かったです。3人の意見をよく聞いていただけたと思っています」

「伝え切れましたか？」

「伝えましたね。ほっとしたというか、だいぶ落ち着きました。つかえていた気持ちがちょっと楽になった気がします」

岸村さんの肩の荷は下りたようだ。

結論を伝えるだけではなく、その考えた過程や心情を聞いてもらう。心の奥底にしまい込んだ感情を吐露する営みが、被害者遺族にとって大事なことなのではないか。岸村さんの安堵した表情が物語っていた。

最終的にきょうだい3人の〝結論〟は、「仮釈放は現状認めたくない」という意味では一致した。だが、結論づけた理由やそこに至るまでの過程は一人ひとりまったく異なっていた。

――被害者の声を聞くことは

ここで一つの疑問が湧く。果たして、被害者の感情を尊重することと仮釈放の運用を、どのように両立させるべきなのか。結果として仮釈放を肯定する遺族がごく限られるならば、仮釈放の審理にあたって、意見を聞く意味はどこにあるのか。この問いは、仮釈放制度の正当性の根本にかかわる問題に思えた。実際の制度設計にもかかわる第一人者はどう考えるのか。

「被害者の意見聴取は、被害者支援の観点でも重要な意味があります」

こう指摘するのは、刑事司法や犯罪被害者に詳しく、政府の法制審議会の部会委員も務めたことのある慶應義塾大学法学部の太田達也教授だ。太田教授は長年、犯罪被害者の支援制度の創設にかかわる傍ら、仮釈放制度のあり方についても研究を重ねてきた[37]。

その太田教授は私たちがインタビューを行うと、受刑者の仮釈放の審理にあたって被害者から意見を聞き取る制度の意義を次のように説明した。

「被害者や遺族が自分の被害体験や感情を話すことは、自分自身を立ち直らせる効果があります。もし被害者が不在のまま、仮釈放の審理が進められてしまえば、遺族は国から無視されていると疎外感を感じて、立ち直りを妨げられてしまいます」

一方、太田教授は、現行の仮釈放制度においては「無期懲役囚であっても仮釈放による社会復帰は制度上、前提とされています」とした上で、被害者の感情と、加害者の社会復帰の関係をこうも指摘する。

「被害者感情は、被害者や遺族にとって誰かと比べられるものではなく、他人が忖度できるものでもありません。確かに、被害者感情も仮釈放の要件の一部にはなっていますが、被害者が否定的だという意見だけをもって仮釈放を抑制すれば、受刑者は満期釈放となって放置状態となり、受刑者を監督することも、指導することもできなくなり、再犯防止がおろそかになってしまいますし、無期の受刑者であれば、事実上の終身刑になります。大事なのは、仮釈放の審査になって急に意見を聞くのではなく、もっと早い、刑務所での処遇段階から被害者遺族のニーズや要望を聞いて、受刑者の更生教育のプログラムに活かすことだと思います」

実際、このような状況を受け、犯罪被害者らのための制度の運用改善が進められてきた。法務省では2019年に、弁護士や犯罪被害者団体、有識者などで作る「更生保護の犯罪被害者等施策の在り方を考える検討会」が設置され、翌年3月には報告書が提出された[38]。報告書では、被害者や遺族が制度を利用するハードルが高いことや、被害者側に加害者の十分な情報が提供されなかったり、意見を述べたことがどのように加害者の処遇に反映されたのかわからなかったりすることが課題として示され、運用の改善がなされることになった。

そして、2022年6月の法改正で新たな制度が成立。被害者側が希望する場合には、被害者は加害者が刑務所や少年院に収容された時点から、自らの今の気持ちや意見をその処遇施設で聞いてもらうことができ、さらにその内容を、実際に受刑者や少年に伝えてもらうこともできるようになった。

この制度は2023年12月までには施行されることとなった。これが画期的なのは、被害者の一般論ではなく、一人ひとりの被害者の個別具体的な思いを、現場の処遇や教育にいかす道を開いたことである。

これまでの刑務所や刑務官の取材でわかってきたことは、実は受刑者は判決後、事件の被害者の心情をほとんど知らないということだ。知る機会がなければ、具体的に被害者について考えることは難しい。第1章で、刑務所にいた高齢の受刑者が被害者のことを「考えないようにしています」と話していたのも、直接の被害者の思いを知らないという事情も背景にあったのかもしれない。こうした現状が変わろうとしている。

太田教授は今後の見通しについて「刑務所で殺人などの重大事件を起こした受刑者を対象に行われている『被害者の視点を取り入れた教育』というプログラムでも、被害者や遺族から聞き取った具体的な思いや要望が反映されるような制度の運用が期待される」と話していた。[39]

――再び岡山へ

私たちは最終的に『日本一長く服役した男』の番組内では、岸村さんの取材シーンを放送しなかった。編集段階で岸村さんへの取材を盛り込むことを何度も検討したが、異なる事件の被害者遺族であることや、放送尺などを考慮した結果、やむなく削らざるを得なかった。

あれだけ長く取材で向き合ってくれた岸村さんには申し訳ない気持ちでいっぱいだった。ただ、岸村さんを取材したことで、私たちには変化が芽生えていた。

私たちはまだAの事件の被害者遺族を探し出せないままで、2020年9月の最初の番組の放送（25分版）を迎えた。正直なところ、25分という放送尺では、Aの様子をまとめるだけで手いっぱいになっていたということもある。

だが、違和感はつきまとった。

「本当に取材を尽くしたと言えるのか？」

そんな心の声が絶えずこだまし、後ろめたい気持ちになっていた。まして岸村さんに取材をさせてもらったにもかかわらず、番組では放送しないという苦渋の選択をしたのだ。

だから、最初の放送が終わり、その反響を受けて45分の再編集版を作る方針が決まったとき、私たちにはやり直しのチャンスが与えられたと思った。

このまま終わるわけにはいかない。岸村さんの話を聞いていただけに、たとえ放送に直接つながらなかったとしても、Aの事件について遺族の話を聞くことの大切さを感じていた。


2020年11月。私はすでに2か月前に東京へ異動していたが、新しい所属部署の上司を説得し、熊本局との番組作りに専念できる態勢を組んでもらうことができた。そのおかげで、取材班は岡山の地で再会した。しとしとと雨が降る日だった。

悠長に再会を喜んでいる時間はない。すぐに、被害者がかつて住んでいたと見られる住宅に向かった。1年前に一度訪れた場所。Aの事件の被害者は、精肉店店主の妻だった。そのときの取材で、店主である夫は事件後もその住宅に住み続けていたのではないか、という話を聞いていた。また、被害者の女性には息子と娘という2人の子どもがいるということもわかっていた。その住宅には、夫の名前で表札がかかっていたので、まだ本人や親族が住んでいるかもしれない。

木村記者と一緒に玄関の前に立つ。前回は「NHKなんですけど……」とゆっくり前置きをしたためか、すぐに扉を閉められてしまった経緯がある。単刀直入に人探ししていることを伝えたい。これがダメならもう二度と、同じ目的で来ることは難しいだろう。話をうかがえるとすれば、これが最後だ。

呼吸を整えてから、傘を片手に手を伸ばし、インターホンを押した。家の中で音が鳴っているかどうかもわからない。待つ時間は、とても長く感じられた。

やや間があってガラガラと引き戸が開いた。80代か90代ぐらいの高齢の女性が現れた。すぐさま話を切り出す。

「突然すみません、今、人探しをしていて。貴史さん（被害者の息子・仮名）という方をご存じないでしょうか。テレビの取材で、60年以上前の事件について調べているんです。こちらで同じ名字の表札があったので、もしかしたらと」

一呼吸のうちに言い切る。女性は突然のことでやや戸惑っている様子だったが、こちらの話に耳を傾けてくれている。

ただ、少々会話がぎこちない。悩む様子を見せながらも受け答えしてくれたが、「わからないねえ、知らないですよ」とピンときていない様子だ。

これ以上の手がかりは望めないのか。何か私たちが勘違いしていることはないか。私は質問を繰り返していた。

その間に木村記者が機転を利かせた。Aと筆談を交わした経験がいきたのだろうか。耳が聞こえにくく伝わっていないのではと、その場で持っていたノートになにやら書いた。

〝貴史さん〟

大きな文字で書かれた名前。その文字を指さしながらノートを女性に見せた。

すると、女性の表情に変化が見られた。

「ああ、この人なら知っている。義理の息子だ。しばらく会っていないけど……」

そう言った。ああ、間違ってはいなかった。「義理の息子」ということは、女性は被害者の夫の再婚相手ということになるのだろう。

さらに間を置かずに「貴史さんは今、どちらにいるのでしょうか？」と聞くと、女性は「あっちの方の……」とおおよその地域までを教えてくれた。私たちは女性に何度もお礼を言い、すぐに教えてもらった地域に向かうことにした。

しばらく車で移動した後、私たちは二手に分かれて今度はその地域を歩いて回った。これまでの情報をもとに見て回っていると、私はどうやらそれらしい住宅を見つけた。果たして、貴史さんに会うことはできるだろうか。

雨の降る昼下がり。今度は私一人でインターホンを押した。

出てきてくれた中年の女性は、最初は私をいぶかしんでいた様子だったが、事情を話すとこう言った。

「貴史というのは、私の父親です」

だが話を聞くと、貴史さんは現在、老人ホームに入っていて、病気にかかっているという。簡単な会話はできるが寝たきりの状態で、新型コロナウイルスの感染が広がる中、家族でも会いに行くのは難しいということだ。まして取材など、できるわけがない。

「お父さまのお姉さまについてはご存じでないですか？」

一縷の望みをかけて問いかけた。すると、女性は「今は遠くに住んでいて詳しくはわかりませんが、母なら知っているかもしれません」という。母親は今、仕事に出ているというので、名刺を渡して再度夕方訪れる約束をさせてもらった。本当にありがたかった。

別の場所で取材にあたっていた木村記者と合流し、日の暮れた頃に再び訪ねた。仕事から帰宅していた貴史さんの妻が、玄関先で応じてくれた。

「お疲れのところ、突然申し訳ありません。貴史さんのお母さまが昔、亡くなった事件について取材をしていて、貴史さんのお姉さまに連絡を取りたいと思っているんです」

私たちはできるだけ経緯を丁寧に説明して、取り次いでもらうようお願いした。

「私もしばらく会っていないし、連絡を取るぐらいはできるかもしれないけれど、正直すごく前のことだし、あまり話したがらないかもしれませんよ」

そう言いながらも、女性はお義姉さんに伝えると約束してくれた。

「じゃあ、連絡がついたら知らせますね」

私たち2人は感謝の意を伝え、電話番号を書いた紙を渡してその場を後にした。

すると、帰り道、岡山駅に向かう車内で木村記者の電話が鳴った。早い。期待と不安が入り交じりながら、私は横で電話のやりとりを見守った。

だが、回答はある程度予想していたとはいえ、私たちにとっては苦いものだった。

「お義姉さんはやはり難しいかもしれません」


ここが限界なのか。やはり60年以上も前のことを聞かれても、今更ということなのだろうか。事件のことなど思い出したくもない、と言われれば、もっともなことである。取材班に、諦めの空気が漂った。ただ、お姉さんと直接話せていない以上、実際の温度感はわからない。私たちは最後のお願いをした。

「私たちの気持ちだけでも伝えたいと思うので、私が送る手紙をお義姉さま宛に投函していただけないでしょうか？」

私たちの必死さを感じ取ってくれたのか、「それぐらいなら」と承諾してもらえた。
出張から戻ると、すぐに木村記者と一緒に文面を考えた。何度も書き直し、できるだけ自分たちの素直な思いを伝えられるように心がけた。最初の放送のときに感じたわだかまりをそのまま記した。

（放送のとき、）私たちには悔しさが残りました。被害者ご遺族の声がなく、加害者側からの視点だけでは伝え切ったことにならないのではないかと（中略）ご遺族の皆様がどのようなお気持ちで過ごしてきたのか、私たちが勝手に想像するのはおこがましいことだと思っております。お母様へのお気持ちについて、少しだけでもかまいませんので、お話だけでもお伺いできないでしょうか。

取材の言いわけのためではない。原稿にできなくてもいい。これは取材の〝倫理〟だ。私たちは祈る思いで手紙をポストに投函した。

――母との思い出

それからしばらく音沙汰はなかった。手紙は無事に届いているだろうか。読んでもらえただろうか。私たちはただ待つほかなかった。

約2週間が経った頃、木村記者の携帯に1通のショートメッセージが届いた。

「私のような者に丁寧なお手紙ありがとうございます。ただいま雑用で忙しく少し時間を下さい。改めて連絡致します」

貴史さんのお姉さん、被害者の娘さんからのメッセージだった。短い文章ではあったが、確かに手紙が届き、メールの文面には、何かを伝えたいという意思がにじんでいた。

まずはどういった形であれ、手紙を受け取ってもらえたことが嬉しかった。短いお礼のメッセージを送り、再びじっと待つことにした。

それから約3週間後のことだった。今度は、熊本放送局に木村記者宛の1通の封筒が届いた。裏を見ると見覚えのある名前。

中には便箋4枚の手紙が入っていた。その手紙には、習字のお手本のようにとても綺麗にバランスのとれた文字で、一定の間隔を空けて整えられた文章が書かれていた。

冒頭はぶしつけな手紙を送った私たちに対する配慮から始まっていた。

遅くなって申し訳ありません

色々と気を使いながら言葉を選んでいただいたのではと　恐縮しております　話があちこちに飛ぶと思いますが　お許し下さい　思いついたままに書きます

文章には句読点がないにもかかわらず、読みにくさを一切感じさせない。むしろ、無理やり文章を区切っていない分、一つひとつの語彙や文に目がとまる。文章は亡き母への思いから始まっていた。

母が亡くなってもう64年になるのですね　忘れた事はありません　つらい時母が生きていてくれたらと思うときは多々ありました　母が生きていてくれたら　とっくに母の元に帰っていたかもしれません

支えとなるはずの母がいないこと、そのことに対する積年の思いが綴られている。母の元へ帰りたいという切なる願いが中心だが、続く一文に「犯人」に関する記述が現れる。

犯人の彼が憎いとかいう感情ではなく　母はいないという思いだけです　人を許すという事は自分が強くなければできません　私には無理ですね

単なる憎しみではない、けれど許しでもない、複雑な感情が表現されていた。続いて、事件当日の回想が記されていた。

母がなくなった日の事は小学1年でしたけど　妙に覚えております　母はあくる日日赤から戻り　2階の部屋で布団に眠っている姿を見て　これで母にはもう会えなくなってしまうのだなと思いました　火葬場の煙突から空に昇る煙を見たときは淋しかったです

時を経た今、紡ぎ出される言葉。幼い子どもが「死」を直感するその情景は、「殺人」という2文字だけではとても表現しきれない。子どもながらに見た事件当時の記憶も示されていた。

あくる日の新聞に母の死が大きく載っていました　何故だか　事件の前円　犯人と言われる方の後［ろ］姿を　首を前にかしげて歩いている姿を　違和感を持ってみた記憶があります　その場所はちょうど母が亡くなった場所でもあります

母は事件当夜　弟と一緒でした　家迄あと１００m位　母はとにかく弟を逃がすのに必死だったと思います　弟は当時４歳でしょう　弟とは弟が病気で倒れる前　用事があり　電話で話をした時　「会いに行けなくてゴメンネ」と言うと　涙声で「いいんだよこのままで」と涙声でした

事件のあった後　警察の方が「犯人は毎夜　亡き母が出てくる」と言って　おびえていると言って来られました　警察に知り合いの方が多かったので　でもこれは彼の幻覚でしょう

そして、続く文章は読むのが苦しかった。

母との思い出は色々あります　母と帽子の柄の生地で洋服を選んだ時の事　母は仕事を終え私を連れて映画館に行きました　途中からで立ち見でしたけど　当時ブームだった「君の名は」でした　見たかったのでしょうね

たくさんある思い出の中から、選ばれた一つの場面。短い文章の行間から、母と子のやりとりの情景が脳裏に浮かぶ。

手紙はこう締めくくられていた。

母との色々な思い出を言葉にする機会を与えて下さって　有難うございます　お体に気をつけて御活躍されますよう期待しております

とても丁寧なお手紙の何分の一にも満たない手紙で申し訳ありません　乱筆誤字はお許しください

――岸村さんの新たなブログ

私たちはこの手紙に心打たれた。途轍もない重み。この手紙があるかないかで事件の見え方が大きく変わる。そこで、ご遺族にお礼の返事を送るとともに、番組でも伝えさせてもらえないかお願いした。

「直接の取材は難しいけれど、手紙ならば」と承諾をしていただけた。私たちはこの手紙を番組の中で大きく紹介することを決めた。

番組の編集に際しては、順番を入れ替えたり、短くまとめたりして見せる案も考えられた。しかし、最終的に「わかりやすさではなく、そのままご遺族の想いを尊重したい」という考えで、手紙の本文をＶＴＲで３分40秒にわたってナレーターが朗読する形にした。

「被害者」と「加害者」の交わらない現実。その交わらなさを脚色することなく、センセーショナルにすることなく、できるだけありのままを伝えたかった。

全国版の番組放送後、あの岸村さんが久しぶりにブログを更新していた。放送に触発されたらしく、日常の暮らしを更新するブログとは別に、被害者遺族としての心情を綴るための新しいブログを開設していたのだった。

記事の内容は、私たちの番組に対する感想だった。岸村さんを取材した内容が放送できていないだけに、見るのは少し、ためらわれた。けれど、ブログを読み、少し救われた気持ちになった。

番組では、被害者の長女（私より少し年上）の手紙が紹介されていた。この手紙が印象に残った。私の心情と本当に似通っている。犯人が憎いと言うよりも、母親がいない、もし母親が生きていればという思いが強い。こんな風に考える遺族も多いと思う。

岸村さんがいなければ、私たちは被害者の長女の想いに触れることはかなわなかっただろう。蜘蛛の糸を辿るような道のり。取材とはアウトプットがすべてではない、と改めて思う。

これまで私たちは新聞報道や裁判記録、あるいは周囲の証言だけでAの事件を見ていたに過ぎなかった。裁判記録には判決の理由として「母を失つた幼少の子ども2人にとつて回復し難い不幸と苦痛を与えた」（原文ママ）と記されていた。

そのことは間違いない。ただ、大切な人を取り戻すことのできない喪失感は、そうした客観的な言葉だけでは到底捉え切れない。母を亡くした娘の証言は、Aの犯した罪の重さをありありと示していた。

その罪に対しての「罰」はどうあるべきなのか。取材を経て、刑罰の重さと被害者の回復は、異なる位相にあるようにも感じられた。

被害者と加害者、罪と罰との間に存在する深い隔たり。それを前にして、私たちにできることは、ただ問いかけることだけだった。

第9章

木村

もう一度、問いかけることができたなら

私たちがAの仮釈放後、密着取材を始めてから2か月半が経ったときのことだった。

その日、受け入れ施設の共有スペースである食堂は、突如として緊迫した空気に包まれた。Aが社長に反発していた。

「刑務所とか警察でも連れて行ってもらってもいいです言うてんの」

「じゃあ何のために、ここにおると?」

「何のために引き受けたんか?」

「だから、まだ刑は終わっとらんと」

社長とAの激しい言い争い。一体何が起きたのか。手元にあったハンディカメラを慌てて構え、とにかく回し続けるしかなかった。

―〝わがまま〟か、それとも……。Aと社長の変節

きっかけは施設でのAの態度の変化だったようだ。施設職員の指示を聞かないことが増えてきたという。困っている施設職員を見かねた社長が動いた。

「Aさん、ちょっとね、最近わがまま」

「何がわがままやねん」

「お風呂は入らん、飯は食わん。職員の言うことは聞かなダメ」

「それはもう話にならん」

「話にならんのはAさんじゃ」

最初は社長からのちょっとした注意だったのかもしれない。だが、社長の話を聞き入れないAの態度に、言い合いは次第にエスカレートしていき、話は生活態度から罪への向き合い方に進んでいった。

「……」

「Aさんは、今自分がどういう立場かわかっとる？　理解しとる？」

Aはかしげるようにして首を小さく動かした。社長は語気を強める。

「Aさん、わかっとる？　まだまだ、今から〝懺悔〟せないかん」

「ほんなら連れていかないかんやん」

「どこに？」

「刑務所とか警察でも」

「それは……」

一瞬、社長は返答に窮した。

「それくらいの腹を持って連れて行ってもらってもいいです」

「でもさ……」

「手続きをお願いします」

Aはたたみかけるように言った。いつもはおとなしいAだが、この日に限っては引く様子がまったくない。社会で周囲とうまく付き合いながら穏やかに過ごしてほしいと望んで支援してきた社長にとって、〝刑務所や警察に連れて行ってもらっても構わない〟というのは、つらい一言のはずだ。社長もAの強い口調と態度に少しの間、言いよどんだ。だが、すぐに切り返した。

「じゃあ、Aさんは何のためにここにおると？」

「何のために（私を）引き受けたんか」

「だから、まだ刑は終わっとらんと、Aさんの」

「わからんな。この人は」

「なんで？　Aさんが60何年間刑務所におって……」

「いや、それはわかってるんだ」

「でもね、その中で今チャンスばもろとっとよ。チャンスばもらっとっと。更生するチャ・

ン・ス」

「それはわかってる」

「だから、それはきちんと毎日毎日、大切に生きんば、いかんたい」

話はまだ終わらなかった。社長は「部屋で話そう」と言って、Aの個室へと2人で向かった。私たちも慌てて、カメラを手にしたまま、その後を追った。

部屋に入るとAは、ひとりでに床に正座をした。一方の社長はたたみかけるようにしてAに訴える。

「Aさんはさあ、一生ね、自分の中で罪は償っていかな、いかんよ。それがね、刑務所で償うのか、ここで償うのか場所が変わっただけ。自分の置かれとる立場は変わらんと」

それに対して、Aは正座をして聞いているが、納得した様子ではない。社長は続ける。

「Aさんが、殺めた人、亡くなられた人、その人にそげんして〝懺悔〟せやんたい（しないといけない）。今から生きるためにはそういう、Aさんが亡くなられたね、自分が殺めた人に手を合わせて、『すまんやった、ごめんやった』って言うて生きていかなんと。その〝十字架〟を背負っていかなんと、Aさんは。笑い事じゃなかよ」

感情が整理できないのか、思っていることをうまく言語化できないのか、Aは両手で頭をかきむしりながら、ぽつりと言った。

「違う……」

その日、Aに対する社長の接し方はいつもと明らかに違った。以前、私たちがAに罪の意識を問いかけようとした際に、社長はこんなことを言っていた。

「ここで与えられた使命というのは社会復帰させることですから、罪を問い詰めることじゃないです。あなたこんなことしたんだからって、過去を責めても仕方ないでしょ。今からを見ていかんと」


この場面について、私が後日、Aの保護観察官に意見を求めた際、次のように話してくれた。

「少年院や刑務所などから出てきた人はたとえるなら、ピシッとアイロンをかけた服のようなものです。ただ、着ているうちに服にはしわが寄っていずれは緩んでくるもの。〝わがまま〟はその緩んできた時期であり、一連の振る舞いは〝試しの行動〟とでもいうべきものかもしれません。Aはあのとき、今いる場所でどこまでの行動なら許されるのか、選択肢を持てるのか〝試した〟のではないかと思います」

実のところ私は、試されていたのは社長だけではなく、カメラを覗き込んでいる私たち自身も含まれていると感じた。おとなしく従順なはずの受刑者が、いざ自由を行使しようとしたときに、どういう反応をするのか。そのとき、突き放すのか、あるいは真剣に向き合うのか。それによってAのその後の生活態度や立ち直りにも影響が出てくるのかもしれない。

監督する国の機関である保護観察所への取材では、保護観察の記録を見てもAが自己主張を強めたのは、このときだけであり、その後はおとなしくなっていったという。事実、私たちの取材でも、このとき以降、Aが社長と言い争う様子は見られなかった。また、社長が厳しく接したのも、後にも先にもこのときだけだった。

―「1パーセントでも伝わっていれば前進ですよ」

社長の変節の真意はなんだったのか。ただ単に〝わがまま〟なAを叱りつけただけにはとても見えなかった。

間近で見ていて一つ言えるのは、社長は認知機能が衰えたAを前にしても、「更生」や「贖罪」を諦めていないということだった。残りの人生を穏やかに過ごしてもらいたいと望む一方で、ただ無為に過ごすだけではなく、自分の犯した罪とも向き合ってほしい。相反するようであって、それは表裏一体の願いだった。

それがわかったのは、社長がAを叱りつけた日から数週間後のことだった。

2019年12月某日。社長は自ら運転する車にAを乗せて、ある場所へと向かっていた。訪れたのは、社長の知り合いの住職がいる地元の寺だった。被害者の命日に手を合わせに行こうとAを連れ出したのだ。今一度、自らが犯した罪を思い起こしてもらい、贖罪を続けながら残された人生を歩んでほしいと願っての行動。ただ、A自身がその意味をどこまで理解できているのかは未知数だった。

この日の天気は曇り。どんよりとした灰色の厚い雲が空を覆っていた。

一足早く、Aの監督役でもある保護観察官も来ていた。どうやら、この寺での供養は保護観察所の意向も反映しているようである。始まる前に、保護観察官は住職に挨拶をして、一言、供養の意義を説明した。

「Aさんの仮釈放が認められた意味を考える中で、やはり刑務所の中で教誨的なことをするだけではなくて、どこに終わりがあるのかとか、どこにゴールがあるのかっていうのは、誰もわからないと思うんですけども、社会の中で慰謝慰霊をすること、続けてもらうことも仮釈放の意味なのかなと思っています」

どこに終わりがあるのか。誰も答えがわからない中で、Aの罪の意識や更生の歩みはどこへ向かうのか。私も含めたここにいるすべての人間が、Aが贖罪意識を持ち続けるのを期待していた。

ゴォォォーン!!

静寂に包まれた寺の一室で、仏具の音が響き渡り、住職が経を上げ始めた。仏壇には被害者の名前が書かれた木の札が立てかけられている。ろうそくの火がゆらゆらと揺れ動き、室内には線香の煙が立ち込める。

住職のすぐ後ろにAはちょこんと背中を丸めるような格好で正座をし、その隣には社長が座る。保護観察官らはその後ろで様子を見つめている。

社長は目を閉じながら、手を合わせ続けていた。一方、その横に座るAは、終始落ち着かない様子だ。キョロキョロと周りを気にしていて、自ら手を合わせる動作は見られない。ただ、ときおり、口は経に合わせてもごもごと動き、何かをつぶやいているようにも見えた。

Aの小さく丸まった背中は、どこか物寂しげに見えた。それは一体私たちに何を語りかけようとしているのだろうか。その様子を見ながら、私はAが今、何を思っているのか、心の中を覗きたかった。

経が終わると、Aは住職に促されて前に出て、焼香を行った。そして、その小さな手を合わせ、頭を下げた。

被害者への供養が終わり、Aが外に出ると私たちはすぐに話しかけた。

「今日は何のために来ましたか？」

どこかで願っていた。なんでもいい、贖罪意識について、何か一言でも語ってくれないかと。

「今日は女性の命日、らしい」

Aの答えを聞いて一瞬、どう受け止めていいのかわからなかった。「らしい」というのは、自らの行為の意味すら理解できていないのだろうか。

「なぜお参りしに来たか、わかりますか？」

「変わってきているから、世の中の進み方が。それだけですな」

予想の斜め上を行く回答に、私たちは呆気にとられてしまった。これまで、刑務所や保護観察所、受け入れ施設等々、多くの人たちがAの仮釈放とその立ち直りに心血を注いできたことを取材の中で感じ取ってきただけに、虚しい思いがしてならなかった。

それ以上、Aに話を聞いても、要領を得ない返答で、いつものように話題から意識がそれているようだった。これ以上、話を聞くのは無駄なのかもしれない。私たちは虚無感を抱いたまま寺を後にした。

施設に戻ると、社長はAの部屋で二人きりになり、寺での出来事を振り返って、声をかけた。

「寺に行ってさ、手を合わせてさ、少しずつ前に進んでるからさ、良かったね。続けていこうね」

この前のように問い詰めるどころか、打って変わって、まるで幼い子どもを優しく励ますように語りかけた。Aを一番近くで見てきただけに社長は、投げ出したくならないのか。今日という日をどう捉えているのだろうか。私は場所を変えて社長に尋ねた。

「おそらく、更生の意味も、命日の意味もわかっていないかもしれない。だけど、伝わっていないと思わない方がいい。1パーセントでも伝わっていれば前進ですよ。変わってくれることに期待はしているし、ダメでも折れるわけにはいかんのですよ」

社長の言葉は、引受人の矜持ともいうべきだろうか、人が変われる可能性をどこまでも真正面から信じていた。

だが、それと同時に最後にふとこう漏らした。

「刑務所の中が長すぎて、そこで時は止まっとっとかな。61年。長すぎたとかな」

――**番組なんて、無理だ……**

この日を境にして、私のモチベーションはグッと下がっていった。おそらく、私だけではない。供養の日に現場にいた元浦ディレクターもきっと同じ気持ちだったと思う。

「元浦さん、今後どう進めますかね」

「うーん。そうですね……」

日々、そんな会話を繰り返していた。とても「モチベーションが下がった」などとは言えないが、これまで一緒に取材をしてきただけに、言葉にせずとも察しがついていた。

Aが罪の意識を持ち、わずかでも贖罪し、更生に向かってくれるのではないか。私たち取材班はどこかで期待し、理想のストーリーを描いていたのかもしれない。だが、それが真っ向から否定された気がしたのだ。

3か月間、取材してきた結果がこの現状だとすれば、これまでの時間は何のためにあったのか。「更生」とはほど遠い現実がそこにあり、足下がガラガラと崩れていくようだった。

思わず居酒屋で杉本記者には弱音を吐いたこともあった。

「なんか最近どうも……。あの日（供養）以来、モチベーションというかですね」

信頼を寄せる〝兄貴分〟の記者なだけに、ついつい本音がこぼれてしまう。

「そうかもしれないけどさ、それがリアルなんじゃないの？　そのリアルが大事なんじゃないのか？　最前線にいるのは、お前なんだ。しっかりしろ、大丈夫だ」

だが、その言葉もどこか聞き流してしまった。あのとき寺に行ったからこそ、そう思えてしまうのだ。

「番組なんて無理だ……」

私も元浦ディレクターもどこかでそう思い込んでいた。実際、まだ番組の枠の候補すら決まっておらず、全国放送の番組提案を出したものの、返答がなかったことも影響していた。ゴールが見えないAと同様、取材の先行きも見えなくなっていた。


時を同じくして、元浦ディレクターと私は、熊本地震4年の時期に向けた取材にも一緒に取り組むことになった。無期懲役の取材を避けるかのように、施設を訪れる頻度も減りつつあった。

そんなとき、社長から1本の電話があった。

「最近、君たちを見てるとですね。どうも、やる気っちゅうか、気持ちがしぼんでいるように見えるんですよ。取材は続けますか？」

社長に見透かされていた。どう返答して良いのかもわからなかった。ただ、嘘はつきたくない。私はありのままに、今の気持ちを伝えることにした。

「正直、悩んでいます。社長やみなさんが頑張っているのはわかっています。私もAさんが罪と向き合えるのではないかと期待していました。だけど、どこまで罪の意識があるのか。どう考えていいのか、わからなくなってしまいました。全国放送枠で番組も提案しましたが、音沙汰なくて」

取材先に心情を見抜かれたあげく、こうして内心を吐露していることに、恥ずかしさと情けなさがこみ上げてきた。記者として失格なのではないかと。

「私だってわからないですよ。更生にマニュアルなんてないですから」

ああ、そうだよな。一番、近くでAを見ている社長が一番もどかしいはず……。社長に言い返された言葉は核心を突いていた。

この日のことを私はすぐに取材指揮をとる堀デスクにも伝えた。取材先である社長に言われたことを伝えるのは、自分自身の取材姿勢を自己批判するようで、気が重く苦しかった。そんな私に堀デスクはこう言った。

「仕方ない。そういうこともある。とりあえず会って話して来い。腹を割って打ち明けることも必要だからな」

つくづく〝おやじさん〟が堀デスクで良かったと思っている。ここで取材を打ち切るわけにはいかない。とりあえず、社長に会って直接、思いの丈をぶつけよう。

「直接、話をさせてもらえませんか」
そう伝えると、社長は受け入れてくれた。

〝参謀〟の助け船

私は一人で施設へと向かった。正直なところ、初めて施設を訪れたときより緊張していた。一人では心細かったが、あいにく杉本記者も元浦ディレクターも都合が合わなかった。いつものように施設の事務所に行くと、社長はまだいなかったが、そこには社長の相棒ともいえる施設長が一人で座っていた。

施設長は社長の右腕的な存在だ。社長がすぐ行動に移すタイプなら、施設長はいつも冷静である。2人の関係は、まるで互いに信頼を寄せ合う大将と参謀のようだった。

私は内心、社長がいないことにほっとしていた。取材の方針やゴールも見えず、私自身の考えすら整理ができていないのだから、いきなり会っても何を話して良いのかわからない。不安を少しでも和らげようと私は施設長に話しかけた。

「社長と少しありまして、どう説明していいのか」

「ああ、それね。そのことなら、前から俺には言っていましたよ。この前、電話したとき横にいましたけど、とうとう言ったなって思いましたね」

全部お見通しというところだろうか。失態を知られていたようで、急に恥ずかしくなった。

「まぁ、木村さんが真っ直ぐに思いをぶつければ大丈夫だと思うとですよ」

社長との一件があったにもかかわらず、施設長はいつもの穏やかな口調だった。そして、施設長はおもむろに自身の過去について話し始めた。

「私も昔はね、マル走（暴走族のこと）とかやりました。俺は賢くないし、何もできんとです。でも、ワルの気持ちはワルが一番わかっていると思うとですよ」

施設長の話では、施設長の父親は県庁職員で、家庭内に不自由はなく、金銭面でも生活に苦しんだことはなかったという。中学に進学すると、校内暴力が叫ばれる時代だったこともあり、悪友といる時間が楽しく、先輩のバイクの後ろに乗せてもらい暴走行為をし、次第に非行に走るようになったという。

「自分の心が弱かった」と振り返る施設長。中学を卒業すると、一人で福岡県内に移り住み、調理師の専門学校に通ったというが、そこでも暴走族に入った。住んでいたマンションには、たまたま暴力団の組長が住んでいて、エレベーターで話したのをきっかけに可愛がってもらい、そのつてでテレクラ事務所の電話番をしたこともあった。入れ墨をし、〝ヤクザの道〟に進もうと思ったこともあったが、組長からは「向いていない」と言われたという。
20歳になると建築関係の仕事を始め、30歳後半までにレストランやパブなどの経営にも手を出したというが、人間関係のこじれなどから人間不信に陥った。日本を離れて海外での生活を考えていた矢先、偶然、福岡県内の飲み屋で出会ったのが社長だったという。そのときの施設長の様子を社長は「自殺しようとしているように見えた」と話していたそうだ。

後日、社長から連絡が入り、「とりあえずうち（施設）に来ないか」と誘われたという。気持ちの整理はつかないままだったが、そんなことはお構いなしにと、あくる日、社長は2トントラックで迎えに来た。

それから、施設で〝参謀〟として社長を支えることになったという。

「俺の気持ちは関係なしでしたよ。無理やり連れてきて、あれこそ事件でしたよ」

施設長は当時をこう振り返った。その言葉とは裏腹に、その目はどこか嬉しそうでもあった。

「実はね、喫茶店とかやって、非行少年とか、出所者とかに来てもらって話をしたいとか、そんな夢も以前はあったんですよ。今の仕事はその延長線上にあるのかな、だから誇りに思っていますよ。もっと色んな人、受け入れてやりたいんですよ。ドンと来いですよ」

いつになく施設長の言葉には熱がこもっていた。

「こうして取材してもらって、こういう場所があることをもっとみんなに知ってもらいたくてですね。協力し合えば、もっと何かできるような気がするんです。最初に来たのが木村さんで良かったです。だから社長は応じたんです。自分の言葉で言えば、社長はわかる人ですよ。こんなことで終わりにしてほしくないんですよ」

最前線に立つ人たちが悩み、模索しながら、粘り強くAの立ち直りを支えている。理屈ではない。実に真っ直ぐな言葉が、私の気持ちを震わせ、心に灯を点した。


社長が事務所に戻ってきた後、私は率直に思っていることを伝えた。もう、気持ちに迷いはなかった。

何を話したかはあまり覚えていない。20分ぐらい話していただろうか。何かを説明するというより、ほとんど一方的に内心を吐露していた気がする。その間、社長は終始、真剣な眼差しで話を聞いていた。

そして、私が一通りしゃべり尽くしたところで、こう言った。

「取材も大変ですね」

社長は冗談をいうときの、いつもの表情に戻っていた。取材がダメになってしまうかもしれないという圧力からも解放され、全身の力が抜けていくのがわかった。

施設を後にするとき、施設長が声をかけてきた。

「良かったね。言ったでしょ。俺、わかるとですよ」

紆余曲折を経た施設長の言葉には説得力があった。取材が終わってしまうかもしれないという岐路にあって、私はどれほど救われたことだろうか。

番組は取材先とともに創り上げていくものだな――、そう実感した。

だが、そう思い直した矢先、新たな壁が立ちはだかろうとしていた。2019年末、未知のウイルスが世界中で猛威を振るい始めていた。私たちは施設に行くことすら、できなくなってしまった。

――どうしても聞きたいこと

2020年2月下旬になると、新型コロナウイルスの感染は、熊本県でも徐々に広がりを見せ始めていた。これまでに経験したことのないようなパンデミックの危機に、施設での取材はしばらく中断せざるを得なくなった。

全国放送での枠を確保することはできていなかったが、この間に着々と準備を進め、

2020年7月10日に、熊本県域の番組「くまもとの風」という25分の枠を確保するところまで、こぎ着けることができた。

放送の約1か月前の6月中旬。一度目の「緊急事態宣言」[40]が明けた後、私と元浦ディレクターは施設を訪ねることを決めた。次にいつ感染状況が悪化するかわからない中、放送に向けた最後のインタビューになることを想定して、Aにどうしても聞いておきたいことがあった。

いつものように施設の部屋を訪ねると、Aはベッドにぽつんと腰かけていた。私が部屋に入ろうとすると、少しいぶかしげな目で私を見た。新型コロナウイルスの感染が熊本県で確認されてから3か月半あまりが経ち、この間しばらくAには会っていない。もしかすると私たちのことを忘れてしまったのではないだろうかと、一瞬、嫌な考えが頭をよぎった。

おそるおそる尋ねる。

「お久しぶりです。覚えていますか？」

すると、Aは小さくうなずいた。

「しばらく、見んかったからな」

どうやらちゃんと覚えていてくれたようである。胸をなで下ろした。

「最近体調とかどうですか？　暑くなってきましたけど」

「あんまり元気がないな」

目の前にいるAは、前よりも少し小さくなっているように見えた。さらにAの声は明らかに以前と違っていた。元々かすれたような声をしていたが、このときはがらがら声で、ときおり声が裏返っていた。

「ご飯、ちゃんと食べていますか？」

「麦飯を食えないからわからんね」

「麦飯は刑務所のときですよね？」

「うん。その延長はずっと続いているから、それでしか、わからんもんね」

「施設に来てからだいぶ経っていますけど……」

「ここはただ寝て起きて過ごすだけや、どうもうまくいかん。いまだにうまくいかん。進まんな。何もすることがないから、もうほとんど寝たり起きたりになるから、病人と同じような状態やけどね。わからん」

Aにとってここはまだ、居場所と呼べる場所ではないのだろうか。

「長い間ずっと刑務所にいましたよね。人生をやり直したいと思ったことありますか？」

にわからん」

「したいことがあってもここはできん、なんにもできん。だからどうしていいやらいまだにわからん」

「刑務所に戻りたいですか？」

「うん、その方が私は、ええように思うね。まあ戻りたいぐらい。ここの生活に慣れんの、まだ慣れたようで慣れておらんのよ。いまだにまだ」

出所してからというもの、社長や施設の職員は、Ａの身の周りのことを何から何まで面倒をみていた。家族のいないＡのことを考えると、傍から見ればそれは〝恵まれている〟ことのように思える。それでも「戻りたい」というのはなぜなのか――。

「全然進み方が違う。前に進まんのよ。以前のような状態で、あった方がまだええ。今の状態では進歩もなんもないし。もうほとんど、ただ寝たり起きたりの介護だけやから」

「刑務所、戻りたいって言ったじゃないですか。罪悪感はないんですか？」

「まあ戻れれば戻りたいぐらいですね。戻ったら仕事は決められてくるから、それでいろんな仕事や職種があるから。ミシンやら、印刷やら、木工やら、いろいろあるから、ここはそういうものは全然ないから」

Ａは出所後、何度も何度も社長や私たちに「仕事はないのか」とせがむように聞いていた。見かねた職員が洗濯物をたたむ手伝いをするよう伝えると、タオルを丁寧にたたみ続けていた。幼少に家族を失った天涯孤独なAにとって、刑罰として科された洗濯工場での刑務作業が、周囲から認めてもらえる唯一の仕事だったのかもしれない。

本来、社会復帰の準備を目的とすべき刑務作業。だが、Aにとって身体に染みついた刑務作業は〝生きがい〟であり、なくてはならないアイデンティティを形成しているようだった。その〝生きがい〟がなくなった今、Aは人生の方向性を見失っているかのようだった。それはあまりに寂しすぎる現実であった。


これでは誰も救われない。せめてこれまで曖昧な答えしか聞けなかった事件についてだけは、どう思っているのか教えてほしかった。私は質問を続けた。

「Aさんは何をして刑務所に行ったんですか？」

「昔の事件をお参り行かないかん、月に1回お参り行かな、あのお坊さんに」

「違う違う、そうじゃなくて。もう1回聞きます。Aさんは何をして刑務所に行ったんですか」

「お坊さんがおってな……」

「お坊さんのことは後で私が聞きます。事件のことを覚えていますか？」

「もう事件は、あのお坊さんが供養してもろうて、仏さんのお参りに毎月行きよる」

「……」

いつもならば、これ以上質問を続けることはなかっただろう。だが、この日は違った。

「いったん止めよう」

振り向き様に目の合ったカメラマンが切り出し、私と元浦ディレクターも無言で頷いた。私はまるでAを尋問しているようで心苦しかった。目の前にいるのは、お年寄りじゃないか。決して断罪したいわけではないのだ。

ただ、強盗殺人という重大な罪を犯したAに密着取材すると決めた以上、大切な人を奪われた被害者遺族のためにも、更生を信じた支援者のためにも、そして、取材者である私たち自身のためにも、事件をどう思っているのか、その〝答え〟を聞かなければならない。今日、この瞬間はそれを確かめるために用意されていることは、私たち全員がわかっていた。そして、この瞬間を逃せば、いつその機会が訪れるのかもわからない。

これ以上問い詰めたくない。しかし、取材者としては質問しなくてはならない――。

相反する感情で気持ちが悪い。隣でカメラを構えるカメラマン、その後ろに控えている元浦ディレクター、きっとその場にいたみんなが私と同じ心境だったのではないだろうか。「もう、終わりにしていいですか」。思わず後ろを振り返って言いたくなる。ただ、聞かぬまま引き下がることはできない。聞くか、聞かないかは私に託されている。

私たち3人の目が合って、インタビューが再開された。

「被害者に申し訳ないと思ったことありますか?」

5秒ほど、沈黙が続いた。

そして絞り出すようにAは言った。

「よかことか、悪いことかいう判断が……ちょっと今もう、わからんね」


インタビューは、終わった。

私たちは後に番組を放送する際にこの箇所を使った。それが正しかったのか、わからない。一体誰が、何の理由で、彼にこの言葉を言わせたのだろうか。戦争孤児という生いたち、戦後復興からの孤立、長きにわたる刑務所での生活、センセーショナルな事件報道、厳罰を求める社会の声、〝生きがい〟を見失ったAの境遇……。そのすべてが重なり合った一つの帰結が、今のAの言葉だったのではないか。そう自分を納得させるしかなかった。


「また、お時間あるときに来ますね」

「また来て下さいよ」

「ありがとうございました」

次に来るときは、番組の放送の礼を言おう。事件や過去の人生を問うだけでなく、ごくごく自然な会話をしたいと思っていた。

最近、気になるニュースは何か。食べてみたいものは何か。

半世紀以上も年が離れた私たちのことはどう目に映っているのか、などなど。

私は取材から解放された気持ちになっていた。

インタビューが終わってから部屋を去る際にAがつぶやいた一言は、VTRを見直すまで気がつかなかった。マイクだけがその音を拾っていた。

「またね」

孫にかける言葉のようだった。

これがAと私の最後の会話になった。

――翻弄される取材班

2020年7月3日。私は担当の配置換えに伴い、熊本県を代表する観光地にある阿蘇支局から再び熊本放送局に戻ることになった。私たち取材班も7月10日の放送に向けて、慌ただしく動いていたが「まずは生活優先」と取材班のメンバーに言ってもらい、私は引っ越しのための自宅の片付けに追われていた。

「もうすぐ放送日だ。早く取材班に合流したい」

気持ちが高まっていた。編集も最終段階まで来ていて、台本を何度も読み合わせて、VTRもほぼ完成状態にあった。

しかしこの後、私たちを待ち受けていたのは、予想外のことの連続だった。


引っ越しの翌日である7月4日、明け方午前4時頃。部屋のベッドで寝ていると携帯電話がけたたましく鳴った。取材班の指揮を執る堀デスクからだった。

「木村、大雨で特別警報が出そうだ。大きな災害がいつ起きていてもおかしくない。すぐに局にあがって来てくれ」

嫌な予感がした。引っ越しのダンボールもそのままに、私は急ぎ局に向かった。午前4時半までに局に到着すると、杉本記者もちょうど局に上がってきた。そして、その約20分後の午前4時50分、緊急速報が流れた。ニュースフロアのテレビには「熊本県に大雨特別警報」の文字。「令和2年7月豪雨」の発生だった。

一級河川の球磨川が氾濫し、熊本県の南部ではかつてない規模の水害に見舞われた。災害関連死も含めた県内の死者と行方不明者は、合わせて69人に上った。

私たち取材班はこの日以降、散り散りばらばらになり、被災地で取材にあたることになった。お互いが何をしているのかもまったく把握できない状況が続いた。当然のことながら7月の番組は延期となった。

その2日後の7月6日だった。被災直後の茶色い土砂に覆われた熊本県人吉市で取材にあたっているとき、社長から連絡が入った。Aが体調を崩し、誤えん性肺炎で入院したという。社長も私のことを察して、簡単な状況だけ説明してくれた。

電話を切ると、頭の中も感情も整理ができなくなっていた。目の前に広がる被災地、延期された放送、Aの入院……。どうしていいのかわからなくなった。

私は目の前の現場に向き合うことしかできず、無力さを呪いたくなった。


豪雨の発生から1か月半ほどが経った8月下旬。熊本県内の被災者の生活は依然厳しい状態が続いていたが、取材態勢は少しだけ落ち着きを取り戻しつつあった。

そんなとき、社長から再び連絡が入った。

「災害の取材は大丈夫ですか？　Aさんが病院から戻ることになりました」

「容体はどうですか？」

「9月8日に施設に戻って来る予定です」

回復したのかとほっとしたが、社長は現状を淡々と伝えた。

「看取りです。もう長くはないと思います」

看取り？　何を言われているのかすぐには理解が追いつかなかった。それはあまりに唐突で、厳しい現実だった。

このとき一度延期した放送は、9月11日に放送することが決まり、最終的な編集を進めていた。1分1秒単位の編集だった。すぐに情報を取材班で共有したが、今から追加のVTRに差し替えるのは難しいと判断した。ともかくAが施設に戻る日に、取材班3人は施設に向かった。

9月8日の午後。社長は施設の外に出て、車が来るのを待っていた。身寄りのいないAを、入院先の病院ではなく、親しくしていた施設の職員の下で看取ろうと考えていた。社長の経験則では、病院から戻った高齢者の看取りまでの期間はおおよそ数週間、長くても1か月程度だという。

病院の車が施設に到着すると、病院の職員がストレッチャーに横になっているAを車から降ろした。点滴が取りつけられ、鼻に管が通されたA。目はうっすらと開いているが、自力で身体を動かすことは困難な様子。せいぜい頭を左右に動かすぐらいだ。

施設に運ばれるストレッチャーの横を歩くと、目が合った。私たちに気づいているのだろうか。痛々しい姿を、私はとても直視することができなかった。

15分ほどかけてAは社長や病院の職員の手によってベッドに移された。女性の職員数人がベッドを囲み「Aさん、おかえりなさい」と声をかけた。Aは答えることはできなかったが、わずかにうなずいた。

社長もAの元に寄り、皮膚が垂れ下がった手を握った。布団をめくると、身体は以前よりもさらに細くなっていた。

「Aさん。わかるね？ 手が腫れとるね。今日、ご飯食べてみる？ 大丈夫、大丈夫。頑張らな、いかんばい」

とても大丈夫には見えない。社長が一番わかっているはずだった。

それからしばらく部屋は静寂に包まれた。Aが呼吸をするたびに「コォォ、コォォ」という痰が詰まったような、苦しそうな呼吸音が規則的に部屋に響いていた。

「様子はどうですか？」

私は社長に声をかけた。

「よくなることもあるかもしれないし、まぁ、本人次第でしょうけど、大丈夫でしょ」

社長はわざとでも、明るく振る舞おうとしているようだった。

衰弱したAは、誰が見ても長くないことはわかる。放送は3日後。せめて、亡くなる前に彼の社会での歩みは伝えてやりたい。どうか耐えてくれ。祈るような気持ちで私たちは施設を後にした。

その日、私は熊本放送局で泊まりの当直勤務が割り当てられていた。当時の熊本放送局では、夕方から翌日の昼前にかけて記者一人を配置。事件や災害が起きたときには真っ先に対応し、速報ニュースのテロップをテレビに出したり、ラジオを読んだりしなければならない役目を負う。とはいえ、たいていは平穏な夜が多い。

この日も平穏で、ニュースフロアには私しかおらず、静かな夜が過ぎようとしていた。簡易ベッドで横になりながら本を読んでいると、知らず知らずのうちに時間が経ち、時刻は午前1時40分になっていた。仮眠の開始時刻の午前1時はとっくに過ぎている。そろそろ休もうと思ったときだった。スマートフォンにショートメッセージが入る音がした。画面を見ると社長の名前。妙な胸騒ぎがした。

9月9日（水）1：47「Aさんは、午前1時45分永眠されました」

仮釈放から1年と5日後。放送の2日前だった。

――「Aさん、さよなら」

翌10日、急遽、葬儀が行われた。会場に置かれた椅子は10脚を数えなかった。

葬儀場の入口にある「A家」という立て札を見ると胸が詰まった。当然のことながら、身寄りのないAの葬儀に訪れる家族や親族、友人は誰一人としていなかった。それでも、社長と施設長、更生保護の関係者など数人が参列した。

社会に出てから、どこかに出かけるというわけでもなかったA。葬儀の前に「遺影に使えるような写真がないんです」と社長に言われた。そこで、私たちは上司に了解をもらい、これまで撮影した映像の中からAの顔を静止画として切り出すことにした。これが、私たちにできるせめてものことだった。

遺影は写真店が気を利かせ、よれた服では忍びないと、加工してスーツ姿にしていた。だが、Aはおそらく生涯で一度も、スーツを着たことはなかったのではないだろうか。一番高価な服は、事件当時着ていた学生服か、もしくはキャバレーボーイの衣装か。一番よく着ていたのは、紛れもなくあの緑色の作業服だっただろう。

葬儀では、被害者の供養もした寺の住職によって経が読み上げられた。私はAさんとの対話の日々を思い出していた。

「戒名授与。範道浄洸信士《はんどうじょうこうしんし》」

その意味を住職が説明した。

「Aさんは仮釈放されてから毎月、寺に被害者の供養のため手を合わせに来ました。〝範道〟というのは罪を犯した人間としては〝模範の道〟を歩んだということです。また、〝浄洸〟は、Aさんの名前には〝光〟を表す漢字が使われています。この世でのAさんの罪を〝水（＝氵）〟で流して〝浄土〟に行ってもらいたい」

向こうの世界で温かく迎えてくれる人がいるかわからない。ただ、幼少から人生の大半を隔離されてきたAは、ようやくしがらみのない世界に行けたのかもしれない。そう思うことで、私は自分の心を落ち着かせようとした。

棺の中で目を閉じるAは、苦しそうな表情ではなく、穏やかだった。死に化粧をしているためか血色が良く見え、今にも起き上がって、いつものように大きく手を揺らしながら「わからん、わからん」と語り出しそうだった。

私は長くは見ていられなかった。ついこの間まで取材をしていた相手が棺に横たわっている現実が受け止めきれなかった。

葬儀を終えると私たちは近くの斎場へと向かった。いよいよ、別れの時が来た。

「最後は合掌でお願いします」

斎場の職員に言われ、社長は目を閉じ、手を合わせた。私もカメラに写り込まない離れた場所で目を閉じ、手を合わせた。取材者に徹する気持ちはこのときはなかった。

「Aさん、さよなら」

最後に棺をのぞき込みAに別れの言葉をかけた社長は、職員に促され、ゆっくりと火葬の点火スイッチを自らの手で押した。

私は斎場の外に出た。駐車場にはマイクロバスが停まり、葬儀を終えた別のグループが来ていた。ハンカチで涙を拭う人も大勢いた。Aのそれとは対照的だった。斎場は小高い山の中にあり、周囲は木々に覆われている。9月だというのに、蝉がせわしく鳴いていた。この蝉も数週間もすれば、鳴くことも飛ぶこともできなくなる。死ぬことがわかっているからこそ、懸命に鳴くという生き方なのだろう。生き方。それが最期に表れるのかもしれない。そう思った。

斎場の屋根からは風に揺れることもなく、灰色の煙が一本空に向かって立ち昇っていた。刑期に終わりがなく、完全な釈放もない無期懲役。死をもって、Aさんの刑は終わったのだった。

1時間ほどが経ち、収骨が始まった。私はとっさにカメラマンに手で合図を出して、撮影をやめるよう伝えた。せめてもの死者への尊厳は、守りたかった。

出てきた骨はまだ熱を帯びていて、近くに立つと熱を感じた。私は職員の説明を聞きながら、収骨が進む様子を眺めていた。カサカサと乾いた音を立てながら、Aさんは小さな骨壺に収められていった。

私は急に人の死が怖くなった。身近な人が亡くなった経験は、私がまだ保育園に通っていた頃に祖父を亡くしたときぐらいだ。葬儀や火葬の記憶は断片的に残っているのだが、幼かったせいか、不思議と寂しさや恐怖は感じなかった。死の意味をわかっていなかったのかもしれない。これまでAさんの死から、どこか目を背けようとしてきたが、収骨に立ち会う中で、死を現実として受け入れざるを得なくなっていた。今まで向き合ってきた相手を失った重みが急にのしかかってくるようだった。

もうあの部屋に、問いかけられる相手はいなかった。

Aさんが亡くなって四十九日が経った。

無縁仏は避けたいという社長の思いから、被害者の供養で通っていた寺で、Aさんは永代供養されることになった。

この日、私と元浦ディレクターも寺を訪れた。

寺では、いつものように経が読まれ、そして、納骨が行われた。

「これで、一区切りですね。Aさんの人生ってどういう人生だと思いますか？」

どうしても社長に聞きたかった。

「幸せではなかったですよね。小さいときに両親をなくして、施設で育って。でも……人の命を奪って、人の未来も奪ったんだから、自分だけのうのうと生きることは世の中通らないと思います。でも最期は人間らしく死ねた。人間として扱われたんじゃないですか」

社長はどこか自分自身に言い聞かせるように話していた。「のうのうと」。そんな厳しい言葉を口にはしているものの、その表情からは本音と建前が、もつれた糸のように絡み合っているように見えた。社長は視線を下にやり、長い沈黙があった。そして、視線が元に戻ると、いつものような冗談交じりの笑みに戻った。

これがリメイクした番組の最後のインタビューで使用された。時間はわずか20秒ほど。放送後、「施設の代表の最後の言葉が真理」などとネット上の一部では持ち上げられた。

解釈は、視聴者それぞれの自由である。だが、Aさんに一番寄り添い続けた社長を、一番近くで取材し続けた記者として、私の解釈は違った。社長の沈黙にこそ「真理」があると思えてならなかった。そこには、どのようにAさんと接するのが良かったのかと、いまだに悩み続けている社長の姿があった。社長が常々言っていたのは「更生にマニュアル本があったらどんなに楽か」ということだった。更生に答えがないように、向き合い方にも答えはないのだ。

寺の去り際に、社長は空を仰いでこういった。

「なんか今日、よかったですね」

10月下旬、周囲の木々は赤や黄色に染まり、秋晴れの空は澄み切っていた。

――「日本一長く服役した男」の生きた意味

これまで私は刑務所の中のAさん、そして仮釈放からその死までを見つめてきた。だが、時間をかけたものの、恥ずかしいことに「更生とは何か」と問われれば今も、はっきりと答えることができない。

答えがほしくて、取材で出会った人たちに毎回のように尋ねてきた。

「更生ってなんですか？」

皆、悩みながら、ひねり出すように答えてくれた。だが、どれも私にとって納得のいくものではなかった。それでもヒントになる言葉はもらえたような気がした。Aさんの保護観察官は、こんなたとえ話をした。

「人がどの時点で更生したのかは判断できません。見る人の立場によっては更生したとも、更生していないとも言える。だから明確な尺度はない。私は人を球体のように考えることにしています。特に受刑者はどこか歪な球体をしています。このぼこぼこした部分をできるだけ球体に近い状態にしていく作業が大事だと。仕事が頑張れるのなら、そこを伸ばしてあげて、歪であっても球体の表面積を広げてあげる。球体に近づけながら、表面積を広げる作業が更生だと。更生は道のりであってゴールではないものだと思います」

執筆にあたりながら、この言葉でふと思い出す。Aさんが亡くなってから、私はこれまでの取材の記録を読み返して、考えさせられることがあるのだ。その場面は最後のインタビューの文字起こしから見つかった。

「振り返ってどんな人生だと思いますか？」という私たちの質問に、Aさんはこう答えていた。

「ええ人と接触していかなきゃ。悪い人もおらすんじゃから、他の周りの人にもおらすから、そういう人と接触していって、そして成り立っていくからのう。だけど、ようなっていくはずが進まんのう」

当時は、あまり意味がわからなかった。しかし、改めて考えてみると、Aさんは「良い人」たちとかかわらなければ前に進むことはできないと感じていたのかもしれない。確かに「更生は道のりであってゴールではない」。ただ、その道のりは一人では歩めないということ。Aさんは最後に、不器用ながらにそう訴えようとしていたのかもしれない。

Aさんは事件後、裁判の記録の中でこんな言葉を残していた。
「自分の将来を考えますと、無期という刑が一生涯、身体についている如く離れない」
この不吉な予言は避けることはできなかったのか。被害者にとっても、加害者にとっても救いがない。

私はAさんのことを単純に「加害者」という言葉で片付けたくなかった。Aさんが事件を起こすまでに、どれほど傷ついた経験をしてきたのか。天涯孤独の戦争孤児で、焼け跡の貧困の中を生きてきた。罪を環境のせいだけにすることはできない。でも、もしも温かい家庭があったのなら、また違う人生を歩めたのではないかと、今でも思っている。そのとき、加害者も被害者も生まれなかったのではないかと。

仮釈放されてわずか1年でその生涯を終えたAさん。取材班結成時に堀デスクから「つぶさに観察して記録を残せ」と言われ、残してきた取材の記録やメモが、こうして取材記という形になるとは思ってもいなかった。私にできることは、取材の記録を伝えることだけだが、それによって、せめて一人でも多くの人に刑罰のあり方について考えてもらいたい。

「日本一長く服役した男」として人が加害者となっていく過程や、被害者遺族の言葉にできない感情、無期懲役という刑罰の実態など、この取材記を読んだ人それぞれが受け止め、意見を交わしてもらうことが、Aさんの生きた意味を示す証になってくれればと願うばかりである。

終章

杉本

〈鏡〉としての日本一長く服役した男

2020年9月9日未明、1本の電話が鳴った。木村記者からだった。

「Aさんがさきほど亡くなったそうです……。社長から連絡が」

電話の声は明らかに震えていた。一体、誰がこんな結末を用意したというのか。〝神の配列〟はここでも顔をのぞかせていた。

亡くなった翌々日の9月11日、熊本県内向けの25分の番組放送枠「くまもとの風」で『日本一長く服役した男』はようやく日の目を見た。番組のために東京への異動時期をずらしていた私にとって、この日は5年半にわたる熊本局勤務の最終日であった。

番組のラストシーン。Aさんは被害者の供養のため、命日に合わせて社長や保護観察所の職員らとともに、寺で祈りを捧げた。その後、施設へと戻る車中で社長がAさんに「今、なんば考えよる?」と尋ね、その答えがないままに25分の番組は終わるはずだった。

が、番組終了の5秒前。突然画面は暗転し、白い文字がうっすらと浮かび上がった。

「男性は9月9日未明　肺炎のため　施設で亡くなりました」

Aさんの死の事実が字幕で告げられる。まるでフィクション映画のようにすら感じられるが、それはやはり現実だった。

放送の反響は予想外な形で現れた。実は番組のオンエアにあたって、地域放送局ならではの一つの仕掛けを施していた。番組に先立って、Aさんの仮釈放の事実を、その日の熊本県域ニュースで伝えたのだ。昼のトップ項目で1分半。1年越しの放送だった。実際に記事になった原稿を引用する。


「〝国内最長〟か 熊本刑務所 61年服役の受刑者 仮釈放」


受刑者の高齢化が進む中、熊本刑務所に無期懲役の刑で61年間服役していた80代の男性受刑者が、再犯のおそれがなく、受け入れ先が確保されたなどとして、去年、仮釈放されていたことがわかりました。法務省によりますと仮釈放された受刑者のうち、61年の服役期間は、国内で最も長いと見られるということです。

九州地方更生保護委員会が去年秋に仮釈放を許可したのは、熊本刑務所に無期懲役の刑で61年間服役していた80代前半の男性受刑者です。

受刑者の仮釈放は、一定の刑期を経過した上で、▽立ち直りの意欲があるか、▽再犯の恐れがないかなどの要件にもとづいて「地方更生保護委員会」が判断することになっていて、男性受刑者はこうした要件を満たしたものとみられます。

法務省によりますと、無期懲役の受刑者は仮釈放までの平均服役期間が平成21年以降は継続して30年を超えていますが、61年間の服役期間は記録で把握できる限り、最も長いと見られるということです。

刑務所では受刑者の高齢化が進むなか福祉施設などと連携し、いかに社会復帰させるかが課題となっていて、男性受刑者は立ち直りを支援する県内の施設で受け入れられました。

熊本刑務所で無期懲役の受刑者が仮釈放されるのは6年ぶりです。

刑務所の担当者は「高齢の無期懲役の受刑者の中には模範囚の者もいて、仮釈放に向けては受け入れ先の施設を探すのが大きな課題です。行政機関や民間団体と協力して社会復帰の支援と再犯防止に努めたい」と話していました。

このニュースは熊本県域のニュースで流しただけで、九州版にも、まして全国版にも取り上げられなかった。しかし、「まとめサイト」が次々に元のニュース原稿を引用・転載し、ツイッターなどで次々と情報を拡散した。

記者の仕事は、全国ニュースのヘッドライン（大見出し）を飾り、各社が追いかけるような「特ダネ」「独自ネタ」を書くことが〝花形〟とされてきた。その意味で、このニュースは「地域放送止まり」の地味なネタだったかもしれない。しかし、このニュースは5年半にわたる熊本局での取材の中でも、私の、そして木村記者の、その後の人生を運命づけてしまうような〝特ダネ〟だったと思っている。

――語りたい欲望と〈鏡〉

その後、本番組は2021年にドキュメンタリー番組枠として新たに設けられた「NHKドキュメンタリーセレクション」という放送枠のパイロットケースとして採用された。2月21日、当初全国放送の提案では見向きもされなかった番組が、20分拡大した45分サイズの再編集版として放送されると、開始直後からツイッターでの感想投稿が相次いだ。


「日曜の夕方にしては重い内容だったな」

「無期懲役の意味を考えさせられる」

「死刑にしなかった司法が悪い」

「服役によって精神を病んだ人にも反省はできるのか？」

「日本の更生保護はまだまだだ」

「モヤモヤする。答えがない……」


そして「日本一長く服役した男」というワードが、ツイッターの「トレンド」に入った。その空間は語りたい欲望であふれていた。放送が終了してからほどなくして、この番組の動画がユーチューブに違法アップロードされると、1か月ほどの間に指数関数的に増加していき、気づけば200万回以上再生され、1万件近くのコメントがついてコメント欄で議論が巻き起こった。投稿された番組はその後削除されたが、番組の告知もしていない友人から「ユーチューブであの番組見たよ！」と言われたので、少々面食らった。

多くの人の感想を見聞きしたが、なかでも反応が分かれたのは、男の罪と罰、そして人生の意味を巡っての評価だった。たとえば、以下のようなものがあった。


「人殺しには死刑しかない」

「そのまま刑務所に閉じ込めておけ」

「出さない方が幸せ」

「せめて最期は娑婆で死ねて、幸せだった」

「もっと早く出していれば、こんなことにはならなかった」
「すべて戦争や政府が悪い！」

このように見ると、Aさんの存在は、見た人の処罰感情や刑罰観を映し出す〈鏡〉なのかもしれない。それは視聴者だけでなく、私たちにも当てはまることだった。

SNSでの感想を眺めていると、この番組を象徴するようなコメントがあった。

「この番組では日本一長く服役した男という事実がひたすら描かれていて、それ以外に番組の主張はないのではないか」

番組のシーンというのは1分1秒単位で考えられ、構成されている。放送尺は30分なら30分とあらかじめ決まっていて、「試写」と呼ばれる編集プロセスの中で徐々に尺に合わせてVTRを短くしていく。「1試写」「3試写」「編責（編集責任者）試写」など、放送日まで編集と試写は何度も行われ、シーンのつながりや表現の正確性、放送上のリスクなどが繰り返し検討される。終盤の編集作業は、まるで駅伝ランナーの「1秒を削り出せ」の世界である。

私たちも編集過程で、画面に穴が空くほど、繰り返し映像を見続けてきた。そのプロセス自体は他の番組と何ら変わらない。

悩ましかったのは、番組の「抜け」、つまりは結論をどうするのかということだった。通常、番組を作る際、耳にたこができるほど言われることは、「狙いは何？」「何が言いたいの？」「番組の主張は？」といったことである。その答えが見えなければ、具体的な編集作業に入っても番組全体の筋が通らない。

無期の受刑者の仮釈放の是非なのか。加害者の更生のあるべき姿か。はたまた認知症受刑者の処遇についてなのか。いずれにせよ、このAさんの事例だけから一般論として普遍化するのは無理がある。

暗雲が立ち込め、繰り返し取材班の中で議論したが、一致した回答に辿り着けなかった。だが、思わぬブレイクスルーがあった。ふと、あるとき気づいた。取材班の3人それぞれの意見が違っていても、みなが感じていること。それは、問題がわからなくて、答えが出ずにモヤモヤしていたということだ。このことは確かな事実だった。

「もしかしてこのモヤモヤが〝答え〟なのでは？」

これまで何か特定の答えを出そうと奮闘してきた。しかし、答えがないという答えもあるのではないか。方程式には〝解なしという解〟もあるのだから。

事実、放送後に局内の職員・スタッフからは「何が言いたいのか、わからない番組だった」と評されることもあった。けれど、ニュース責任者の堀デスクと番組を統括する宮本プロデューサーは編集過程で「そうなってもいい」と背中を押してくれていた。

こうして大枠の方針は決まった。視聴者が見終わった後に「答えが出ない」と感じてもらえるような番組を作ろう、と。だから、視聴者が見て「わからない」と感じたことがあるとすれば、それはそのまま取材班がぶつかった〝問い〟であるかもしれない。

――複雑なものを複雑なままに

番組にはしばしば、取材班自身の姿が登場する。あえて若き取材班の、粗削りなルポスタイルを選ぶことになった。それゆえ、番組の流れは取材者自身の意識の変化といっても良いだろう。その構成は、おおむね時系列に沿っているとはいえ、どの場面のどのやりとりを使うかは、慎重な議論が行われた。

私たちが編集の際に気をつけたのは、対話が難しいAさんを認知症などの「病気」のカテゴリーに当てはめて語らないことだった。たしかに「〝認知症のおじいさん〟だから、〝病人〟だから対話ができないのも仕方ない」と、捉えられる面があったのは否めない。

しかし、私たち自身が「彼は認知症だから」と決めつければ、対話もそこで終わっていただろう。Aさんの言動については、正直理解できないことも多かったが、諦めたくなかった。

だからこそ、いったん判断を停止することにした。取材のときと同様、こちらで勝手に評価を定めないよう、映像の編集やナレーションのコメントの仕方にも細心の注意を払った。

実際のところ、Aさんの認知能力や思考・表現能力がどの程度だったのかは、最後まではっきりとはわからなかった。一見何をしゃべっているかわからないように見えても、丁寧に耳を傾けていると、はっきりとした知見を感じさせるような場面があるのだ。たとえば、私はAさんと最後に交わした会話が妙に記憶に残っている。それは「最近、どんなニュースを見ましたか?」というたわいもないものだった。

私が尋ねると、彼は「レジ袋が有料化されるんや」とニュースの内容をはっきりと理解し、さらに「今はアメリカで黒人と白人が平等をめぐって争っておる」ともいう。当時アメリカでは、アフリカ系アメリカ人に対する構造的な差別に抗議する、いわゆる「ブラック・ライブズ・マター」という社会運動が盛り上がっている時期だった。61年間社会から閉ざされた場所で生きてきたAさんが、「平等」についてどう考えたのか。それを知るすべはもうないのだが。

また、編集過程で印象に残っているのは、番組の感想でも評価や解釈が大きく分かれた、Aさんと社長の言い合いのシーンだ。

Aさんが施設に入居してから約2か月半が経ったあの場面。社長が「Aさん、ちょっとね最近、わがまま」と、Aさんの態度を見かねて初めて声を荒げた。それに対し、「そんなら刑務所にでも連れて行け。何のための引き受けか」とAさんは反発。議論は更生のあり方まで及び、社長が「ここに来たのは更生するチャンス。自分の中で罪は償っていかなきゃ」と諭すも、Aさんは最後まで「わからんな……」と納得しない様子であった。

この一連のシーンはとっさにデジカメで撮った映像で、編集で短くしたとはいえ、45分の中で約3分間を占める長さだった。

取材班も何が起きているのか言語化できなかったが、なぜか引き込まれる映像であるのは間違いなかった。Aさんと社長の激しい言い合いには緊張感が走る一方、噛み合わないやりとりはどこかコミカルでもある。取材班の中でも愛着のある場面だった。

2人のうち、どちらの視点に立つかで、場面の解釈は変わってくる。社長や施設の職員の視点に立てば、Aさんの振る舞いは「わがまま」にも見える。一方、Aさんの立場に立てば、その振る舞いには理由があるようにも思われる。

後になって考えたことがある。Aさんの保護観察官が指摘していた「試しの行動」。これは、主に児童福祉などの現場で使われる用語で、相手が自分をどの程度まで受け入れてくれるか探る行為だという。たとえば子どもが、悪いとわかっていながらも、わざと大人を困らせ、反応をうかがうような行動を指す。その目的は一般に、①愛着を確認したい、②環境の変化に不安がある、③相手のことを知りたがっている、などがあると言われる。[41]

刑務所の看護師として活動経験があり、受刑者の「支援不信」に注目する船山健二氏の知見によれば、受刑者の中には対人関係を推し量ったりするために、あえて支援者が困惑するような言動を取って、どこまで自分を受け入れてくれる支援者なのか試すことがある。つまり、それは支援者の関心を引き寄せたいとの思いの裏返しなのだと。[42] このような視点に立てば、Aさんの行動にも十分に狙いや理由があったのではと思える。

一方、このシーンが気になるもう一つの理由は、Aさんに対する社長の接し方だ。初めの頃は「罪を問い詰めても仕方がない」と強調していた社長が、一転してAさんを責め立てているようにも見えるからだ。

おそらく、その接し方は施設の代表者としての思いもあれば、一人の人間として向き合った結果でもあれば、ひょっとしたらカメラや取材者を意識したという側面もあったかもしれない。真意が何だったかは、社長本人ですら分からないかもしれない。

いずれにせよ、その行動は一人の人間の中にあって、一つには割り切れないものが表れていたように思う。現実の複雑さを複雑なままに。私たちはあえて、このシーンを意味づけるナレーションを排し、視聴者にその解釈を投げかけた。

――最後までもめたラストインタ

さらに、現実の割り切れなさという点で議論になったのは、番組のラストインタビューの場面だった。Aさんが亡くなった後、葬儀と法要を終えた後の社長の次の発言だった。

「うん、……でも、人の命奪って人の未来も奪ったんだから仕方ないじゃないですか、それは。人の未来を奪っといて自分だけのうのうと生きようなんてそんな世の中は通らないと思いますよ。だからそれはそれで仕方ない……ですね、そこは。ちょっと厳しいけど……」

これは、元浦ディレクターが、Aさんの生きた意味について社長に問いかけたところ、返ってきた言葉だった。

実は、社長のインタビューのどこを使うかをめぐっては、最後の最後までもめた。正確に言えば、取材班の中で私が納得できずに異議を申し立てていたのだ。

このインタビューには前段があった。元浦ディレクターが社長に、「男性の人生は？」という問いを投げかけたとき、それに対して社長はこう答えている。
「幸せではなかったですよね。小さいときに両親なくして、施設で育って決して良い環境、戦後に生まれて、職業もない時代に生まれて。でも、そういう時代を生き抜いてきた方が日本を支えてきてくれたんですけど、たまたまそこから外れたんですよね。つい目先の欲に、なんというかな、負けて、罪を犯してしまったということなんでしょうね。でも、人間、失敗してもいつかは、どこからでもやり直せるのかなと。そのチャンスを私たちは見逃してはいけないのかなと思いますけどね。いつまでも罪人扱いするのもどうなのかなと思います」

　つまり、社長は一面では、いつまでも罪を問い続けることに疑問を呈していたのだ。この質問の後、社長は「でも、」と切り返して「のうのうと生きようなんて」と答えるに至っている。

　こういうとき、テレビの編集は悩ましい。尺の関係ですべてのインタビューを使うことは難しいし、ましてや番組のラストであるから、選び抜いた珠玉のオン[43]が求められる。取材班の意見は真っ二つに分かれた。
「この後段のオンだけを文字通り切り取られたら、社長の真意は伝わらないのではないですか？　そこが番組全体のメッセージと受け止められるのは、違う気がするんです」

こう主張する私に対して、実際にインタビューをした元浦ディレクターと、社長と長く付き合ってきた木村記者もかたくなだった。

「この社長のインタの〝間〟も含めて、ここだと思うんです。これは譲れません」

議論のポイントは、言葉と間、そして沈黙との関係にあった。社長は「のうのうと……」と語るとき、目線がまっすぐでない。うつむいたり、遠くを見たりしている。顔を上げた後、唇を噛みながら真顔になり、一度笑って表情が緩んだかと思うと、再び真顔で口を閉ざす。

社長が質問に答え始めてから、次の場面に切り替わるまで約45秒。単に何かを説明するには異常に長い間であり、沈黙だった。最も長く社長と過ごした木村記者はこう訴えた。

「社長は、なんというか自分を納得させるかのように、言葉を紡ぎ出したんだと思うんです。自分はそれを大切にしたい」

結局、最後に私は折れた。一度は私が選んだ別の箇所を試したこともあった。けれど、何かが足りない。整った説明にはなるが、そこにはザラザラとした質感がない。理はあっても、情が入りこむ「間」がなかったのだ。

一連の取材の中で、撮影を担当してくれたベテランの森戸秀幸カメラマンに言われたことを思い出す。

「いいか、説明してもらうだけがインタじゃない。インタには情報を撮るものと、感情を撮るものがあるんだ。今どっちを聞くべきなのか、よーく考えて聞くんだ。感情を撮るときは、すぐに次の質問にいっちゃいけない。間を開けるんだ。相手の目を見つめたり、黙ってうなずくだけでもいい」

私は怖かったのだ。見た人が、この「間」の真意を受け取ってくれるのだろうかと。変な解釈をされるぐらいなら、こちらでコントロールしたい。そんな潜在意識が働いていたのだと思う。だが、今ならわかる。「間」の中には、複雑なものが複雑なまま、詰まっているのだと。

——「反省」と「失敗」を超えて

番組を推進する初めの問いは「罪の意識はどうなっているのか?」という素朴なものだった。61年も服役した人物はどんな大罪を犯し、どのような境地に達しているのか。いわば純粋な好奇心から始まっていた。

それからAさんと接する中で、次第に問いかける意味がわからなくなる。Aさんの言葉から罪の意識を見出すことはできなかった。かといって、否定しきることもできない。被害者の命日に手を合わせて寺で祈るAさんの姿は、形の上では「反省」の態度を示し、「贖罪」に尽くす人のそれだった。

　だが、その直後に彼に問いかけても、私たちが期待する「反省」と「贖罪」の言葉は出てこない。Aさんが最後のインタビューで、被害者や事件について語った「良いことか、悪いことか、今はもうわからない。ただ、刑務所に戻りたい」とした発言。被害者や遺族からすれば聞くに堪えない答えに違いない。刑務官や保護観察官、支援者もやるせない思いになるだろう。Aさんは最後まで私たちの前で明確に反省の言葉を表明することはなかった。まるで贖罪の精神が〝成熟〟することなしに、刑罰を背負い続ける〝器〟として、ただ老いた身体だけがそこにあるかのようだった。当時は、そう感じられた。

　私たちは、番組の最後のナレーションをこのように締めくくった。

「染みついた無期懲役という罰。罪と向き合えたのか？　もう一度、問いかけたかった」

　編集の最後の最後まで、取材班全員で頭を悩ませてひねりだした「ラスコメ[44]」だった。

　だが、改めて思い直してみると、私たち自身が「罪と向き合う」という観念に囚われていたのかもしれない。反省してほしい。罪の意識を持っていてもらいたい。これらは取材者自身の欲望ではなかろうか。〝成熟〟していなかったのは、私たち取材班の方ではないか。

実際、あるベテランのデスクから、こんな感想をもらった。

「自分ならばラスコメも全体のトーンも、〝人を罰するとはどういうことなのか〟が、受刑者を通してより鮮明に浮かび上がる構図にしたのではないかと。罪の意識と罰、っていうのは、最終的には個々人の心の問題に集約されてしまうので、果てがないし、他者が想像しても詮ないというか」

もし人の心の中に、罪の意識を求めていくことに終わりがないとしたら、私たちは最初の問いかけの時点から、〝失敗〟を運命づけられていたのではないか。結果として、私たちが『日本一長く服役した男』で描いたのは、自分たちの〝失敗〟の物語だったのではないか。放送が終わってしばらく経ってから、私はそんな風に考え始めた。

一冊の本を読んだときのこと。臨床心理学の専門家で、数々の無期の受刑者にも接してきた故・岡本茂樹氏。その著書で、受刑者を更生させるためには「反省させてはいけない」と主張していた。


誰かに教えられたのではなく、自分自身が内面と向き合った結果として、自然と心の底から湧き上がってくる「罪の意識」こそ、本当の「反省」なのです。このように考えると、真の「反省」とは、自分の内面とじっくり向き合った結果、最後に出てくる謝罪の心と言えます。反省は最後なのです。そして、ここが本格的な更生への道の出発点となるのです[45]。

他者が反省を強要すると、受刑者は表面的には反省の言葉を述べるが、逆に本当の気持ちを抑圧する。被害者の心情を他の人が無理に理解させようなどとすると、受刑者は「自分はダメだ」という否定的な自己イメージを持ちかねない。その結果生きづらさが助長され、本音を語ることができず、再犯防止どころか、再犯につながる恐れすらあるという。罪の意識が芽生えるためには、受刑者が周りの人を安心して頼ることができ、長い時間をかけた手厚いケアがなされる環境が必要だと、岡本氏は訴える。罪の意識を問い詰めるだけでは、更生は見えてこないというわけだ。

受刑者や無期懲役の取材を進めるほどに、この考えはしっくりくるような気がした。結局のところ、世間も、メディアも、刑務所の仕組みも、表面的な「反省」を求めることによって、真に「内省」を促すことに失敗しているのではないか。本人の深い「内省」よりも、結局は漠然とした誰か、〝世間の空気〟のようなものを満足させるための「反省」になってはいないか。Aさんから、そう問いかけられている気がしてならない。

―他者という〈鏡〉と取材活動の先に……

一般的に取材という営みは、一見何か新しいものを見ようとしているようで、実は対象を既存のカテゴリーに当てはめて考えることになりやすい側面がある。取材者は神の視点に立てるわけでも、透明人間になれるわけでもなく、常に様々な先入観に囚われているからだ。

単に偏見や知識の欠如が理由の場合もあれば、ある特定の知識や経験を得ているが為に生じる先入観もある。それゆえに、あらかじめストーリーを固定してしまいがちになる。

この取材の数年前から受刑者の立ち直り取材をしていた私は、〝更生〟の可能性を信じたかった。それゆえに、Aさんの〝更生の物語〟をどこかで期待していた。あるいはAさんの社会復帰がうまくいかないのであれば、更生に〝失敗〟したAさんと、誰か他の仮釈放された無期の受刑者を対比させれば、更生の物語が番組として成立する、とさえ考えていた。

しかし、あるデスクはこんなことを言っていた。

「もし目の前にいる対象を自分の価値観や考え方に当てはめているだけならば、それは取材ではなく、ただの材料集めになってしまうよ」

だとすると、私は意識のどこかで「無期懲役でも更生は可能だ！」と声高に主張するだけの〝材料〟として、Aさんを捉えていたのかもしれない。しかし、Aさんの人生を辿り、Aさんと向き合う中で、世界はもっと複雑だと思い知らされた。

思うに、取材活動というのは、根源的には〝自己解体〟なのかもしれない。それは単なる事実確認の営みではなく、他者を媒介として揺れ動く私の、世界への介入の仕方だ。自らの欲望から出発し、特定の他者や出来事と対峙し、相互作用に触発され、時に翻弄されながら、複雑な世界の理解を試みる。そんな営み。

取材で向き合う他者は、私の〈鏡〉でもある。その他者との間で生まれた新たな世界への理解が、物語を結び直す。そうしてこの「日本一長く服役した男」という、物語然としない物語が生まれた。そう言うとちょっと大げさだろうか。

おわりに

久しぶりの九州だった。東京に転勤して以来、初めて出張で九州に戻って来る機会があった。せっかくだから顔を出そうと思ったのは、番組でAさんについて証言してくれた松下さんのところだった。

自身も無期懲役囚として56年にわたり服役していた松下さんは、仮釈放後、精神的に不安定な時期もあり、以前は施設の部屋に閉じこもりがちになることもあった。

その後、複数の更生保護関係の施設を転々としていたが、今の場所が気に入って落ち着いていると聞いていた。

熊本から転勤する前に一度訪れたときには、たまたま「父の日」だったので、趣味の散歩用に買い物バッグとタオルをプレゼントしたところ、「人生で父の日にプレゼントをもらったのは初めてで……」とたいそう喜んでいたのが記憶に残っている。

施設に到着して、職員の方に案内してもらうと、松下さんは自室で休憩していた。私のことを見ると、「先生、どうぞ」と招き入れてくれた。誰にでも「先生」と言う刑務所での癖は相変わらずだ。

「最近、調子はどうですか？」

「ここに来てからは、ずいぶん調子がいいですね。毎日、朝は2時間ぐらい散歩していま
す」

以前あげたバッグも使ってくれているようだ。このとき83歳にもかかわらず、毎日施設の近くにある畑に立って、野菜を育てたりしているという。施設の職員との関係も良好で、一緒に食事をし、交換日記もつけて思いの丈を共有していた。

たわいもない雑談を続けていると、松下さんから思いがけない言葉が飛び出した。

「最近、被害者のことを考えるんですわ」

不意を突かれた感じがした。私は過去の事件のことについて何も聞いていないし、聞くつもりもなかったのだ。

「以前は、被害者のことを考えているって言っても、本当に考えることはできていなかったんですよ。今は、自然と思うというか……ね」

仮釈放された直後は「自分の事件では被害者の関係者・遺族がもう亡くなっていて、気にする人もいないから、自分は出られたと思う」と話していた松下さん。被害者に対しては言葉少なく、口を閉ざしている印象だった。

それと比べると、今の話はトーンが違う。自分が素直に思ったことを話しているようだっ

た。

思えば、松下さんが被害者について語ることができたのは、今の環境で安心して暮らせるようになり、自分の感情を表現できるようになったからではないだろうか。緊張感が高い場所では、人に思いを寄せることは難しい。それは、受刑者だけでなく、誰しもがそうだろう。

杉本は、東京に転勤後も、縁あって無期の受刑者にかかわる取材を続けていた。『日本一長く服役した男』の番組をきっかけに講演依頼を受け、取材班の3人で話したときのこと。

「私も、無期懲役囚の引受人をしているんですよ」

参加していた一人の弁護士の一言が気になって、後日会いに行くと、彼が身元引受人となっていた無期懲役囚とは、50年前に「あさま山荘事件」を引き起こした連合赤軍の元幹部の一人だった。

あさま山荘事件といえば、1972年、社会変革を目指した若者たちが、「革命」の名の下、山中のアジトで〝同志〟を次々とリンチにかけて殺害し、その後、警察からの逃亡の末に山荘で人質を取って、警察と銃撃戦を起こし警察官や民間人を死傷させた、戦後史に残る一大事件だ。

この新たな出会いから取材を始め、2022年2月に制作したのが『クローズアップ現代 50年目の〝独白〟～元連合赤軍幹部の償い～』だった[46]。連合赤軍の末端の幹部として身ごもった自らの妻のリンチにも加担し、現在も服役し続けている無期懲役囚[47]の現在の心境に焦点をあてた。

私はこの番組取材では、『日本一長く服役した男』のときとはまったく異なる問題が出てくると思っていた。確かに、事件の性質や個人の置かれた状況はまったく違った。しかし、そこには通底しているものがあった。すなわち、償いや更生は一人ではできず、人は人と環境を通じて変わるということ。そして、自らの感情や感性を押し殺した状態では、罪と向き合うことは難しいということだった。

私は幼い頃、引っ込み思案だった。他者が怖い、そんな感覚があった。周りの目が気になり、非難されることが怖く、失敗を恐れた。その感覚は大人になってからも残っていた。他者とのコミュニケーションの〝間〟が苦手だし、集団的なノリについて行くのには違和感を覚える。かといって、じっとしていることもできずに、なんとか自分を周りに合わせようとする。正しくあろうとして、必死に取り繕ったり、感情を抑制したりするが、どこか息苦しかった。

　私が会った受刑者たちもまた、それぞれ自分の感情を表現することに困難を感じ、どこか「生きづらさ」を抱えているようだった。2つの番組を含め、一連の取材の中で合わせて6人の無期の受刑者と接する機会があった。取材の中では、一緒にお茶をしたり、手紙を交わしたり、ときには酒を飲む機会もあった。

　世間では「凶悪犯」と呼ばれた人たちだったかもしれないが、対面で話すと不思議と怖さはなかった。事件の概要を知るとぞっとするし、被害者のことを考えればやるせない思いがこみ上げてくる。ただ、彼ら一人ひとりの語りをじっくり聞いていると、どこか他人事ではない気がしてくる。

　これは無期の受刑者に限らない。罪を犯してしまった人たちの背景を探っていくと、何かしらの〝傷〟を抱えていることが見えてくる。身体的な虐待で傷ついた人もいれば、経済的貧困に喘いだ人、教育機会が欠落してしまった人……。様々な要因から、痛みに耐えることを当たり前とし、感情を表に出すことを諦めている。そうした視点から想像していくと、受刑者と言っても、必ずしも遠い存在ではないのかもしれない。

　だからと言って、犯罪行為が決して正当化されるわけではないし、被害者への想像力抜きには取材できない。凄惨な事件を前にすると目を覆いたくもなるし、更生や立ち直りにしても筋書き通りの物語とはいかない。まして暴力の連鎖を止めることなど容易ではない。

では、そんな現実を受け入れた上で、私たちはどんな社会を目指せばよいのだろうか。倫理学の授業で、こんな話を聞いたのを思い出す。人間が殺人をしてはならない理由、その倫理の根幹は「顔」に求めることができる。人が人と結びつき、話を始めようとする瞬間に私たちが認識しているのは「顔」であり、「顔」は対話の成立条件である。その意味で「顔」は常に「汝、殺すなかれ」というメッセージを表現しているという。

逆に、人が人を殺すことができるのは、相手が自分とは異質な他者であり、対話不能な存在だと見なすからだ、とも言われていた。殺人犯は肉体的な殺人を犯すとき、その相手の対話の起点となる「顔」を見なくて済むように抹殺しているのだ、と。

私自身、受刑者や無期懲役囚の取材を続けていると、対話など不可能だと思うこともままある。今回の取材の中でも、命が奪われた後では、どうあがいても加害者と被害者の時間は交わることはないようにすら思えた。

ただ、たとえ対話が不可能に見えても、その可能性を探ることもまた、取材活動の役目ではなかろうか。自己解体を伴いながら、他者の世界に介入し、関係を紡ぎ直す力の可能性。私たちがAさんに最後まで問いかけ続けたのも、もしかするとAさんの「顔」に近づきたかったからなのかもしれない。

もし対話がそうした「顔」から始まるとするならば、私は目指すべき社会を「顔の見える社会」と呼んでみたいと思う。私たちの社会には、犯罪行為から言論の封殺、制度のひずみ、戦争に至るまで、様々な暴力にさらされ、傷つき、互いに顔を背けている当事者たちが隠れている。

対話が当事者の間で閉ざされ、それ以上紡がれていない地点。その場所を見つけ、その人たちの姿を可視化し、対話の空間を開く。そんな営みがあって初めて、暴力に抗する別の力が生まれるのかもしれない。

その社会を目指すのはきっと、自分を疑いながら、ときに自らの価値観や物語を解体しながら、進んでいく困難な道だろう。それでも、この取材を思い出すならば、何度でもやり直せるだろう。たとえ、曲がりくねって進むことになろうとも。

＊＊＊

木村は、初めは加害者に対する素朴な違和感から取材を始めた。気づけばそのスタート地点からだいぶ遠くまで来たように思う。思い返せば私を突き動かしてきた根底には、中学時代の記憶があると思う。

当時、私の通っていた中学校は傍から見ても荒れていて、同級生にも〝ワル〟が多かった。私自身は野球に打ち込んでいて、クラブチームに所属していたが、成長痛や怪我などに悩まされ、思うようにいかない時期に、自然と彼らと過ごす時間が増えていった。

中には瞬間湯沸かし器のように、すぐにカーッとなって人の物を壊したり、悪戯では済まされないような行為をしたりする同級生もいて、学校には警察が来ることもあった。毎日のように繰り返される生徒の〝問題行動〟に教師たちは手を焼いていたと思うが、当時の私は気にも留めていなかった。「ルールを破って何かに反抗している」と思うと、彼らといる時間は楽しかった。自分が特別な存在に感じられ、そこは居場所だった。

怪我が回復し、高校に進学して野球に打ち込めるようになると、彼らとは疎遠になったが、後になって周りにいた同級生が少年鑑別所や少年院に送られたことを知った。なぜ彼らは非行に走ってしまったのか。彼らと自分の違いは何なのか。もしかしたら自分も同じような道を歩んでいてもおかしくはない。紙一重かもしれない。そんな感覚を漠然と抱いていた。

今なら、もっと彼らが置かれていた境遇や、抱えていた何らかの〝心の傷〟に思いを巡らせることもできるだろうが、当時の私にはそんな知識も想像力もなかった。けれど、その経験が無意識にも、私を受刑者取材に向かわせ、Aさんの取材にも結びつけたのかもしれない。

番組放送後、私は取材にかかわった刑務所や保護観察所の関係者とたびたび接する機会があった。無期の受刑者の仮釈放はデリケートな取材テーマで、見方によっては現状の司法制度や刑務所の仕組みを批判しているとも捉えられる内容だったがゆえに、当局サイドのある程度の反発は覚悟していた。だが、意外なことにその感想の多くは好意的なものだった。

刑務所の職員の一人は「あまり知られていない、仮釈放の制度や受け入れ先の存在を知ってもらう機会になってよかった」と話し、また、ある刑務官は「刑務所の中で忘れ去られる無期懲役にスポットをあててくれてありがとう」と語った。保護観察所の幹部は「録画をして、周囲の職員にも見るように勧めた」といい、その表情はどこか誇らしげだった。

さらに、熊本刑務所では受刑者が番組を見る機会もあったという。刑務所の中では、受刑者を刺激するような情報は、ときに遮断されることもあると聞く。Aさんの社会での様子を目の当たりにすれば、社会復帰を否定的に捉える受刑者も出てくるかもしれない。しかし、刑務所の職員によると、番組を見ていた無期の受刑者たちは逆に、「社会に戻れる日がいつかは来るかもしれない」と前向きに受け止めていたという。

番組の意味をどう解釈するかは、できるだけ視聴者一人ひとりに委ねたい。もし仮に、壁の中にいる受刑者の琴線に触れるものがあったのだとすれば、Aさんという他者の姿を介して、自らの過去を振り返り、犯した罪と内面に真に向き合っていくための、きっかけの一つになってくれればと、願うばかりである。

Aさんを受け入れていた社長にも変化があった。施設に入所する約20人のうち、これまでは数人程度が刑務所からの出所者だったというが、放送後には一時、保護観察所からの依頼が相次ぎ、10人近くまで受け入れを増やしたこともあったと社長は話す。

「番組のせいか、おかげかわからんですが、出所者の受け入れの相談が観察所からもよく来るようになった気がしますね。最近は協力雇用主にも名乗りを上げまして、仕事をしたいという出所者の支援にも力を入れたいと思っています」

私が挫折しかけたとき、声をかけてくれたあの施設長も「うちは誰であっても断らんけん、ドンと来いです」と前のめり。2人ともどこか嬉しそうだった。

取材活動を通じて変化が生まれる。人々が次のアクションを取り始める。それが少しでも社会を変えていけるならば、取材者冥利に尽きるものである。

私自身は、2022年8月に5年間慣れ親しんだ初任地である熊本を離れ、NHK福岡放送局に異動となった。そこで再び「サツ担」をすることになった。けれど、事件の見方はかつてとは大きく変わった。警察当局がどんな見立てで捜査するのかを追うだけでは見えないもの。取材で感じた〝モヤモヤ感〟を出発点に、事件を取り巻く割り切れない感情を大事にしたいと思っている。

福岡に着任してすぐ、こんな事件があった。障害児支援施設などを運営していたNPO法人の元理事長が、当時13歳から15歳の男子中学生3人に対し、生徒の自宅で手足を縛って「しゃべると殺すぞ」と脅し、頭に袋のようなものをかぶせて、車で施設に連れていったなどとして、逮捕監禁の罪に問われたのだ。なぜ福祉にかかわる人物がこのような悪質な行動に出たのか。

実はこの元理事長、障害のある子どもの生活態度や教育方法に悩んだ親から依頼を受け、一連の行動を〝レスキュー〟や〝療育〟と称して繰り返していたのだ。その費用は高額なもので約100万円に上った。事件後、2023年1月、福岡地方裁判所は元理事長に対し、懲役3年の実刑判決を言い渡した。

しかし、なぜ親たちはこの元理事長に頼らざるをえなかったのか。過去に元理事長を頼った親を取材すると、見えてきたのは、事件の解決だけにはとどまらない根深い問題だった。

元理事長の〝療育〟を受けたという母親の一人は、自閉スペクトラム症の息子を育てていたが、息子が自傷行為を始め、自分の顔が膨れ上がるほど殴るため、生活がままならない状況になっていたという。「こんなに迷惑をかけるなら、死んだ方がいいのかな」と思い詰め、SNSで藁にもすがる思いで助けを求めたとき、現れたのがそのNPO法人の元理事長だった。母親は私にこう語った。

「呼びかけても助けてくれる人がその人しかいらっしゃらなかったので、やっぱり頼っちゃいますよね。死ぬ前にできることがあるんだったら、100万円なんて安いですよね。だって死ぬんだもん」

さらに判決直前に、私は保釈中だった元理事長にインタビューをした。そのなかで彼は「誰も助けられない人を自分だけが助けられるという、慢心やエゴ、間違った正義感が自分にはあった」と事件を振り返った。

福祉の手が届かずにSOSを求めた多くの家族の存在、そして理事長の〝歪んだ正義感〟。福祉が必要な人に届かないという現実が〝療育〟の名の下で子どもを被害者にさせ、「自分が助けてやるのだ」という、〝歪んだ正義感〟が元理事長を加害者にさせたように思える。「加害者」と「被害者」はこうして生まれていた。[48]

事件取材をしていると「加害者も被害者も作らないために」という大義名分をよく耳にする。だが、ひとたび悲惨な事件が起き、容疑者が逮捕されれば、インターネット上には「死刑だ」「刑務所に閉じ込めておけ」という言葉が飛び交う。人は、厳罰を求めて〝正義〟の側に立つことで安堵する心理が働くのかもしれない。

しかし、厳罰だけを求める見方がもたらすものは、事件に対する一辺倒な見方である。果たして、厳罰に処しただけで、同じような事件が繰り返されるのを防げるのだろうか。被害者の心情に傾聴しながらも、事件の入り口となる社会構造に目を向け、人が加害者になる要因を取り除かなければ、事件は必ず繰り返される。

〝日本一長く服役した男〟の取材が教えてくれたのは、こうした被害者や加害者になりゆく過程を理解する重要性だと思う。

最近、「万里一空《ばんりいっくう》」という言葉をよく思い浮かべる。熊本刑務所の洗濯工場で刑務官が掲げていた四字熟語の一つ。

「どこまで行っても世界は一つ空の下にある。刑務所も娑婆も空は同じ。出所しても目標を持って努力し続けるように」

受刑者や出所者に向けられていたメッセージだった。しかし、今思うのは、この言葉は、私たち自身にも投げかけられているのではないか、ということだ。

残念ながら、私のような一記者が社会全体の意識を変えていくことはできない。ただ、事件の深層にある社会構造などを可視化させ、意識を変える手助けはできるかもしれない。

私自身は刑務官でも、保護観察官でも、支援者でも、当事者でもないが、取材の中で出会った人々とともに、社会に新しい視点を示すことが記者の役割だと思う。それが、Aさんの生と死に向き合ってきた、私にできることではないだろうか。

謝辞

この取材記は、人と人とのつながりから生まれたものである。元となる原稿は当初、杉本と木村の2人で「取材の記録を残そう」と思い立ち、NHKのウェブ記事として展開できないかという構想を練っていた。

番組の再編集版を作っている2020年の年末頃から書き始め、徐々に2人で書き溜めていったが、第9章のエピソードまで書いたところで、ウェブ記事の原稿としてはあまりに長大なことに気が付いた。デスクたちからは「スターウォーズの脚本でも書いているのか」と言われるほどで、それから1年弱の間はお蔵入り状態であった。

そんなとき、杉本が受刑者に関連する取材の縁で、とある講演会に参加していたところ、本書の編集担当であるイースト・プレスの林志保さんにお目にかかった。林さんは犯罪心理や刑事事件についても詳しく、こちらの問題意識をすぐに捉えてくれた。そこでぶしつけながら『日本一長く服役した男』の番組と書き溜めた素案を見ていただいたところ、書籍化のご提案をいただく運びとなった。

林さんには、業務でなかなか進まぬ私たち2人の執筆を根気よく待っていただき、編集段階では私たちの取材の意図や思いを丁寧に汲み取って下さった。慣れない執筆活動の不安の中、励ましの声に幾度となく救われた。

本書の内容は、何よりも番組の取材過程に基づいている。取材は、熊本刑務所や熊本保護観察所の職員、Ａさんの受け入れ施設の社長や施設長など、更生保護事業にかかわる多くの人々の並々ならぬ情熱に支えられた。一人ひとりを書き記すことはできないが、協力してくれた関係者・関係先のすべての人に改めて感謝申し上げたい。

また、今回、番組の真価を高めてくれた大きな要因に、刑事裁判記録の活用という取材手法がある。第４章でもご紹介した通り、ＮＨＫの清永聡さんの的確なアドバイスは取材に大きな飛躍をもたらしてくれた。また、この調査報道の手法をいち早く評価してくれて「日本記者クラブ」などで発表する機会につなげて下さったのは、元ＮＨＫ報道局ネットワーク報道部の専任部長であり、現在は「スローニュース株式会社」でメディア業界の調査報道の支援に取り組んでいる熊田安伸さんだった。

ネットワーク報道部の加戸正和デスクは、杉本の取材デスクとしてあさま山荘事件の番組を指揮してもらうとともに、本書の編集や校正にあたって重要な意見を多数いただいた。木村記者の上司で、九州の拠点局である福岡放送局で事件取材の指揮をとる池島弘樹デスクには、原稿の修正作業から細かい表現に至るまで貴重な指摘をいただいた。

熊本市のNPO法人「オリーブの家」の青木康正施設長は、受刑者や無期懲役の取材を始めるきっかけを与えてくれたとともに、今回の取材にも様々な形でご協力いただいた。青木さんがいなければ、この番組と取材記はなかったと言っても過言ではない。また、杉本としては、原稿にもたびたび目を通して、執筆活動を手助けしてくれた妻の茉由《まゆ》にも、心から感謝の意を表したい。

何より熊本局への恩義は計り知れない。番組取材・制作班である、元浦純平ディレクター、中津海法寛デスク（制作）、堀祐也デスク（ニュース）、宮本岳彦プロデューサー、松村健司カメラマンや森戸秀幸カメラマン、水雲涼子デスクを初めとする当時の映像取材のメンバー（所属は当時のもの）。また、編集の楠本和子さんは、いつも私たちの方向性の定まらない議論に付き合い、2回にわたり素晴らしいVTRを仕上げてくれた。そして、熊本局で私たちの取材を様々な形で支えてくれた多くの現場の人々がいることを記しておきたい。

最後に、この本を手に取っていただいた読者の方々が、何か一つでも心に引っかかる箇所があったならば、執筆者としてこの上ない喜びである。

取材班を代表して

2023年5月15日
杉本宙矢・木村隆太

注

1 新聞・テレビなどのマスコミ業界の用語で、警察担当記者のことを指す。「事件記者」「サツ回り」とも呼ばれる。

2 いわゆる「スクープ」「独自ネタ」を出すこと。マスコミ業界でよく使われる、他社の知らない情報をつかみ報道することを指す。戦国時代の〝スパイ〟、すなわち忍びの者である「素っ破」や「透波」が語源と言われる。

3 ここで示した以外の処遇指標としては、教育プログラムの「特別改善指導」がその種類に応じて、「薬物依存離脱指導」なら「R１」、「暴力団離脱指導」なら「R２」などと分類される。詳細については以下を参照。法務省「令和４年版　犯罪白書」第２編／第４章／第３節／１処遇の概要（https://hakusyo1.moj.go.jp/jp/69/nfm/n69_2_2_4_3_1.html、２０２３年３月９日最終閲覧）

4 66のうち７つは少年刑務所である。各刑務所で扱いが異なる処遇指標の分類については、以下の法務省の通達を参照。なお、通達の最新の改正は、２０２２（令和４）年３月28日（矯成第３５１号）となっている。
法務省「受刑者の集団編成に関する訓令の運用について（平成18年５月23日付け法務省矯成第３３１５号矯正局長依命通達）」（https://www.moj.go.jp/content/001372204.pdf、２０２３年３月５日最終閲覧）

5 法務省「刑務作業」（https://www.moj.go.jp/kyousei1/kyousei_kyouse10.html、２０２２年12月12日最終閲覧）より引用。

6 これは、受刑者などの権利や処遇について決められた刑事収容施設法第93条で定められている。ただし、禁錮の受刑者は数が少ない。

7 懲役のあり方をめぐっては、２０２２（令和４）年、刑務作業が義務づけられた懲役と義務づけられていない禁錮が「拘禁刑」として一本化することが決まり、１９０７（明治40）年に刑法が制定されて以来、実に１１５年が経過して初めて刑の種類が見直された。
改正の背景には、受刑者の再犯防止に向けた指導や教育プログラムなどを充実させる狙いがある。その刑法第12条には「拘禁刑に処せられた者には、改善更生を図るため、必要な作業を行わせ、又は必要な指導を行うことができる」という一項が追加され、刑務作業は絶対的な義務ではなくなることとなった。詳細については以下を参照。法務省「刑法等の一部を改正する法律案」(https://www.moj.go.jp/houan1/keiji14_00021.html、2023年4月24日最終閲覧)

8 2017年8月2日のNHKニュース「おはよう日本」の特集で放送。2023年4月現在も、動画の一部は以下のウェブページから視聴することができる。NHK地域づくりアーカイブス「元受刑者たちの社会復帰を支援」(https://www2.nhk.or.jp/chiiki/movie/?das_id=D0015010656_00000、2023年4月27日最終閲覧)

9 政治部、経済部、社会部、科学文化部、国際部、スポーツニュース部、ネットワーク報道部などに分かれ、持ち場ごとに取材して全国ニュースやネット向けの原稿を書く。熊本局のような地域放送局では、記者の人数が少ないため、事件担当、行政担当など、担当の持ち場が分けられているだけである。

10 鴨下守孝編集代表『新訂　矯正用語事典』東京法令出版、2019年、343頁より引用。

11 計算力や記憶力などを問う9項目の質問で構成されており、30点満点中20点以下だと認知症の疑いがあるとされる。日本の認知症診療の第一人者として知られる精神科医の故・長谷川和夫氏が開発し、HDS-R(Hasegawa Dementia Scale-Revised)と略称される。同右、308頁を参照。

12 2022(令和4)年度の成人受刑者一人あたりの食費は、1日平均で528・5円(主食費96・83円、副食費431・67円)である(1食ではない)。刑務所の職員によると、食事は受刑者の楽しみの一つであるが、予算は限られるため、ある日のおかずを一品減らすなどして食費を抑える代わりに、クリスマスなど特別な日にはケーキを出すなどしているという。なお、高齢受刑者も多く、健康への配慮から塩分は控えめで味も薄めにしているとのことだ。法務省「令和4年版　犯罪白書」第2編/第4章/第4節/2給養・医療・衛生等(https://hakusyo1.moj.go.jp/jp/69/nfm/n69_2_2_4_4_2.html、2023年3月11日最終閲覧)

13 モラスキー、マイク『戦後日本のジャズ文化―映画・文学・アングラ』岩波書店、2017年を参照。

14 なお、取材のために裁判記録を閲覧する手続きについて詳しく知りたい場合には、清水解説委員を含むメンバーで作る研究会「ほんとうの裁判公開プロジェクト」がガイドブックを出しているので、324頁に示した参考文献から参照して欲しい。

15　ＮＩＩＤ国立感染症研究所「発しんチフスとは」(https://www.niid.go.jp/niid/ja/kansennohanashi/517-typhus.html、２０２３年3月5日最終閲覧)を参照。

16　似島学園『25周年の歩み』１９７１年、7頁より引用。

17　同上。

18　楽譜は１９６１(昭和36)年にジャズギタリストの宇山恭平さんが、ジャズミュージシャンや愛好家のために手書きの楽譜を印刷し出版したものと思われる。現在一般には流通していないが、２０２３(令和5)年4月にインターネットオークションに出品されているのを発見し、比較したところ内容が一致した。なお、Ａの持っていた楽譜は表紙などが著しく剥げていて、当時は判読が困難だった。

19　犯罪白書の記録でわかる範囲では、１９７３(昭和48)年以降、２０２１(令和3)年までに「12年以内」で仮釈放されたのは14人いた。うち昭和の終わりの１９８８(昭和63)年までで13人、平成に入って以降は１９９３(平成5)年にわずか1人を数えるのみである。なお、一度仮釈放された後、再度服役して仮釈放されたケースでは再服役後「10年未満」がありうるが、ここでは除いている。データは以下を参照。法務省「令和4年版　犯罪白書」第2編/第5章/第2節/1仮釈放等/2-5-2-3表のＥｘｃｅｌファイル　無期刑仮釈放許可人員の推移(刑の執行期間別)(https://hakusyo1.moj.go.jp/jp/69/nfm/n69_2_2_5_2_1.html、２０２３年3月6日最終閲覧)

20　同上。

21　「通達」とは、上級の行政機関が下級の行政機関とその職員に対して、職務についての命令をするために発する文書である。法律を現場事務レベルで運用するために出されるもので、一般に国民を拘束するものではないとされるが、実際には〝ルール〟として一定の影響力を持っているという。

22　法務省「無期刑受刑者に係る仮釈放審理に関する事務の運用について(通達)」２００９年(https://www.moj.go.jp/content/001384689.pdf、２０２３年1月10日最終閲覧)より引用。

23　協力雇用主とは、刑務所から出所した人などを経歴上で区別することなく、積極的に雇い入れるよう協力している民間事業者のことで、保護観察所に登録されている。

24　なお、ここでの刑法犯の認知件数は、以下を参照。
法務省「令和元年版　犯罪白書」第２編／第１章／第１節／１　主な統計データ（https://hakusyo1.moj.go.jp/jp/66/nfm/n66_2_2_1_1_1.html」、２０２３年２月28日最終閲覧）。

25　２０２２（令和４）年公表の前年（令和３）までのデータでも、「許可」されたケースではこの２人が最長となっている。以下を参照。
法務省「無期刑の執行状況及び無期刑受刑者に係る仮釈放の運用状況について」（https://www.moj.go.jp/content/001358492.pdf」、２０２３年３月12日最終閲覧）。

26　山本五十六（１８８４～１９４３）は旧日本海軍の軍人。太平洋戦争時には日米開戦に反対しながらも、連合艦隊司令長官として真珠湾攻撃を指揮した。アメリカから「ヒットラーに匹敵する悪魔」とまで呼ばれる一方、リーダーとしての手腕を評価する声も多い。とりわけ「やってみせ～」の格言は、教育理念として企業などでもしばしば参照される。なお、その言い回しはいくつかあると言われている。

27　安土茂『ああ大阪刑務所四区』三一書房、１９９２年を参照。

28　刑務所内での受刑者の自殺は、秩序維持に反する「事故」とみなされる。犯罪白書のまとめによれば、１９８９（昭和64・平成元）年から２０２１（令和３）年までの33年間で、全国の刑事施設で自殺した受刑者は４１６人に上っており、毎年平均で12～13人が亡くなっていることになる。以下のページを参照。
法務省「令和４年版　犯罪白書」第２編／第４章／第４節／４　規律・秩序の維持／２-４-４-１表のＥｘｃｅｌファイル　刑事施設における事故発生状況（https://hakusyo1.moj.go.jp/jp/69/nfm/n69_2_2_4_4_4.html」、２０２３年３月６日最終閲覧）。

29　２０１２（平成24）年から２０２１（令和３）年までの10年間には、新たに仮釈放された無期の受刑者はあわせて82人であるのに対して、刑事施設で死亡したのは約３倍の２３３人に上っている。一方、有期刑の上限が30年に引き上げられる以前、１９９８（平成10）年から２００７（平成19）年までの10年間では、新たに仮釈放された無期の受刑者が79人、死亡したのが１２０人となっている。高齢化や仮釈放の運用の変更により、獄中死の割合が増加する傾向にある。以下のデータを参照。
法務省「無期刑の執行状況及び無期刑受刑者に係る仮釈放の運用状況について」（https://www.moj.go.jp/content/001358492.pdf、2023年3月12日最終閲覧）
法務省「無期刑受刑者の仮釈放に係る勉強会報告書」（https://www.moj.go.jp/content/000057314.pdf、2023年3月12日最終閲覧）。

30 河合幹雄『終身刑の死角』洋泉社、2009年、141頁より引用。

31 このほか、無期懲役の服役期間の長期化に影響を与えていると考えられているのは、「マル特無期」と呼ばれる運用である。犯罪が悪質で、社会的に広く知れ渡った重大事件・公安事件の受刑者などは「マル特無期事件」として指定され、仮釈放の運用はより慎重に行うよう、1998（平成10）年に最高検察庁から通達が出されている。ただし、その具体的な運用は公表されていない。

32 フーコー，ミシェル『監獄の誕生―監視と処罰』田村俶訳、新潮社、1977年を参照。

33 高塩博「熊本藩徒刑の中断と再開」『近世諸藩の法と刑罰』成文堂出版部、2021年、113・114頁を参照。

34 福岡県の文化財「旧三池集治監外塀及び石垣」（https://www.fukuoka-bunkazai.jp/frmDetail.aspx?db=1&id=226、2023年3月12日最終閲覧）を参照。

35 被告人（当時）がなぜ無期懲役の判決を受けて万歳三唱をするに至ったのかについては、インベカヲリ★氏のルポルタージュがある。以下を参照。
インベカヲリ★『家族不適応殺　新幹線無差別殺傷犯、小島一朗の実像』角川書店、2021年。

36 以下の整理は、河合幹雄『終身刑の死角』洋泉社、2009年、157―172頁を参考にした。

37 取材にあたっては以下の太田教授の著作を参照した。
太田達也『仮釈放の理論―矯正・保護の連携と再犯防止』慶應義塾大学出版会、2017年。

38 法務省「「更生保護の犯罪被害者等施策の在り方を考える検討会」報告書」2020年（https://www.moj.go.jp/content/001316243.pdf、2022年11月26日最終閲覧）を参照。

39 具体的な課題については太田教授の以下の論考を参照。

太田達也「矯正における被害者支援と犯罪者処遇の両立―刑及び保護処分の執行段階における心情聴取及び伝達制度と被害者の視点を取り入れた教育の課題」―『法学研究』95巻12号、115―148頁、慶應義塾大学法学研究会、2022年。

40 緊急事態宣言は2020（令和2）年3月13日に成立した新型コロナウイルス対策の特別措置法に基づく措置。全国的かつ急速な感染症のまん延により、国民生活や経済に甚大な影響を及ぼすおそれがある場合などに、総理大臣が宣言を行い、緊急的な措置を取る期間や区域を指定するもの。当時の安倍晋三総理大臣は2020（令和2）年4月7日に東京、神奈川、埼玉、千葉、大阪、兵庫、福岡の7都府県に緊急事態宣言を出し、4月16日に対象を全国に拡大した。5月25日にはおよそ1か月半ぶりに全国で解除されることになった。

41 「試しの行動」は子育て分野などでしばしば使われる用語である。管見の限りでは、学術用語としてよりも、支援の現場で言い習わされる通称として定着しているように思われる。たとえば、里親家庭における子どもの「試し行動」については以下を参照。
津崎哲郎『里親家庭・ステップファミリー・施設で暮らす　子どもの回復・自立へのアプローチ―中途養育の支援の基本と子どもの理解』2015年、明石書店。

42 舩山健二「『支援不信』の受刑者たち」安田恵美・掛川直之編『刑務所出所者の更に生きるチカラ　それを支える地域のチカラ』大阪市立大学都市研究プラザ、2017年、6―10頁を参照。

43 「オン」とはインタビューなどで取材相手が話す部分のこと。ニュースや番組の編集過程では頻繁に使われる。「ここで当事者のオンが20秒入ります」など。

44 特集や番組の最後にくる、締めくくりのナレーションコメントのこと。取材者の思いや番組の狙いを体現した言葉を盛り込むことが多い。

45 岡本茂樹『反省させると犯罪者になります』新潮社、2013年、132－133頁から引用。

46 クローズアップ現代「50年目の独白～元連合赤軍幹部の償い～」(https://www.nhk.or.jp/gendai/articles/4639/、2023年1月22日最終閲覧)。放送されたのは、奇しくも2022（令和4）年2月24日。ロシアによるウクライナへの軍事侵攻が開始された日であった。

47　杉本は吉野受刑者と手紙でやり取りを交わした。取材の詳しい内容は以下の2つのウェブ記事にまとめている。クローズアップ現代取材ノート「男はなぜ『あさま山荘』に立てこもったのか　元連合赤軍幹部・吉野雅邦のたどった道」(https://www.nhk.jp/p/gendai/ts/R7Y6NGLJ6G/blog/bl/pkEldmVQ6R/bp/pQo5VdwjXk/、２０２３年1月22日最終閲覧) クローズアップ現代取材ノート「あさま山荘事件　〝獄中〟50年　無期懲役囚を揺さぶった裁判長の言葉」(https://www.nhk.jp/p/gendai/ts/R7Y6NGLJ6G/blog/bl/pkEldmVQ6R/bp/pVB8n9G9Eg/、２０２３年1月22日最終閲覧)

48　取材の詳しい内容は以下のウェブ記事にまとめている。読むＮＨＫ福岡「誰か助けてください　障害児〝療育〟理事長の監禁事件　届かない叫びを受け止めて」(https://www.nhk.or.jp/fukuoka/lreport/article/000/29/、２０２３年4月24日最終閲覧)

参考文献

【書　籍】

安土茂『ああ大阪刑務所四区』三一書房、1992年
井田良『死刑制度と刑罰理論―死刑はなぜ問題なのか』岩波書店、2022年
インベカヲリ★『家族不適応殺 新幹線無差別殺傷犯、小島一朗の実像』KADOKAWA、2021年
宇山恭平『モダンジャズメモランダム』リズム・エコーズ、1961年［楽譜］
太田健一監修『岡山市今昔写真集』樹林舎、2012年
太田達也『仮釈放の理論―矯正・保護の連携と再犯防止』慶應義塾大学出版会、2017年
大谷恭子『それでも彼を死刑にしますか　網走からペルーへ―永山則夫の遥かなる旅』現代企画室、2010年
岡本茂樹『反省させると犯罪者になります』新潮社、2013年
岡本茂樹『無期懲役囚の更生は可能か―本当に人は変わることはないのだろうか』晃洋書房、2013年
岡本茂樹『凶悪犯罪者こそ更生します』新潮社、2014年
加賀乙彦『死刑囚の有限と無期囚の無限―精神科医・作家の死刑廃止論』コールサック社、2019年
鴨下守孝編集代表『新訂　矯正用語事典』東京法令出版、2019年
萱野稔人『死刑とその哲学的考察』筑摩書房、2017年
河合幹雄『終身刑の死角』洋泉社、2009年
河合幹雄『もしも刑務所に入ったら―「日本一刑務所に入った男」による禁断解説』ワニブックス、2019年
國分功一郎・熊谷晋一郎『〈責任〉の生成―中動態と当事者研究』新曜社、2020年
坂本敏夫『元刑務官が語る刑務所』三一書房、1997年
坂本敏夫『元刑務官が明かす死刑のすべて』文藝春秋、2006年

坂本敏夫『死刑と無期懲役』筑摩書房、2010年
佐木隆三『身分帳』講談社、2020年
ゼア，ハワード編著『終身刑を生きる―自己との対話』西村邦雄訳、西村春夫ほか監訳、現代人文社、2006年
高塩博『江戸時代の法とその周縁―吉宗と重賢と定信と―』汲古書院、2004年
高塩博『近世刑罰制度論考―社会復帰をめざす自由刑―』成文堂出版部、2013年
高塩博『近世諸藩の法と刑罰』成文堂出版部、2021年
武内謙治・本庄武『刑事政策学』日本評論社、2019年
津崎哲郎『里親家庭・ステップファミリー・施設で暮らす　子どもの回復・自立へのアプローチ―中途養育の支援の基本と子どもの理解』2015年、明石書店
中島隆信『刑務所の経済学』PHP研究所、2011年
西田博『刑務官へのエール～法務省〝刑務官〟局長のひとりごと～』廣済堂出版、2014年
西日本新聞社会部『ルポ・罪と更生』法律文化社、2014年
日本犯罪社会学会編『グローバル化する厳罰化とポピュリズム』現代人文社、2009年
浜井浩一『2円で刑務所、5億で執行猶予』光文社、2009年
原田正治（著）・前川ヨウ（構成）『弟を殺した彼と、僕。』ポプラ社、2004年
犯罪被害者支援弁護士フォーラム『死刑賛成弁護士』文藝春秋、2020年
フーコー，ミシェル『監獄の誕生―監視と処罰』田村俶訳、新潮社、1977年
ブレグマン，ルドガー『Humankind　希望の歴史―人類が善き未来をつくるための18章』（上・下）野中香方子訳、文藝春秋、2021年
ほんとうの裁判公開プロジェクト『記者のための裁判記録閲覧ハンドブック』新聞通信調査会、2020年
宮口幸治『ケーキの切れない非行少年たち』新潮社、2019年
宮口幸治『どうしても頑張れない人たち―ケーキの切れない非行少年たち2』新潮社、2021年
モラスキー，マイク『戦後日本のジャズ文化―映画・文学・アングラ』岩波書店、2017年
森炎『死刑と正義』講談社、2012年

山本加奈子（著）、及川亮子（監修）『マンガでわかるジャズ—歴史からミュージシャン、専門用語などを解説！』誠文堂新光社、２０２２年
山本譲司『獄窓記』新潮社、２００８年
山本譲司『続　獄窓記』ポプラ社、２００８年
山本譲司『刑務所しか居場所がない人たち—学校では教えてくれない、障害と犯罪の話』大月書店、２０１８年
レヴィナス『全体性と無限（上）』熊野純彦訳、岩波書店、２００５年
レヴィナス『全体性と無限（下）』熊野純彦訳、岩波書店、２００６年
Van Zyl Smit, Dirk. & Appleton, Catherine. 2019, *Life Imprisonment: A Global Human Rights Analysis*, Cambridge, Massachusetts: Harvard University Press,

【雑誌／論文／機関刊行物】
太田達也「矯正における被害者支援と犯罪者処遇の両立—刑及び保護処分の執行段階における心情聴取及び伝達制度と被害者の視点を取り入れた教育の課題—」『法学研究』95巻12号、１１５—１４８頁、慶應義塾大学法学研究会、２０２２年
岡山県警察本部「岡山県警察50年の歩み—昭和29年から平成16年の記録」２００５年
社会福祉法人似島学園『50年のあゆみ』１９９６年
新海浩之「我が国における長期刑受刑者の意識及び 施設適応とその処遇に関する試論—実証研究を基盤とした分析」一橋大学博士論文、２０１６年、https://hermes-ir.lib.hit-u.ac.jp/hermes/ir/re/27930/law020201500203.pdf
高塩博「中野の町から刑罰の源流をさぐる—矯正図書館50年を祝して—（矯正図書館開設50周年文化講演会）」『矯正図書館開設50周年記念誌—「知識創出の空間」をめざして—』２０１８年
似島学園編『25周年の歩み』少年の島「似島学園」、１９７１年
似島郷土史編纂委員会「陸軍似島検疫所と厚労省広島検疫所」１９９８年

船山健二「『支援不信』の受刑者たち」安田恵美・掛川直之編『刑務所出所者の更に生きるチカラ　それを支える地域のチカラ』大阪市立大学都市研究プラザ、２０１７年
保木正和・増田哲三・浅野千晶「無期懲役受刑者に関する研究」『中央研究所紀要』第12号、21―61頁、２００２年

【映画／公式パンフレット】
坂上香監督・制作・編集『ライファーズ―終身刑を超えて』２００４年、日本：out of frame
坂上香監督・制作・編集『プリズン・サークル』２０１９年、日本：out of frame
坂上香・東風「『プリズン・サークル』劇場用プログラム」（公式パンフレット）２０２０年
佐木隆三「すばらしき世界」制作委員会「『すばらしき世界』劇場用プログラム」（公式パンフレット）２０２１年
西川美和監督・脚本、佐木隆三『身分帳』、原案『すばらしき世界』２０２１年、日本：「すばらしき世界」制作委員会
フランク・ダラボン監督・脚本、スティーブン・キング『刑務所のリタ・ヘイワース』、原作『ショーシャンクの空に』１９９４年、アメリカ：ニキ・マーヴィン

【Ｗｅｂ資料・ＨＰ】
クローズアップ現代「50年目の独白～元連合赤軍幹部の償い～」https://www.nhk.or.jj/gendai/articles/4639/
クローズアップ現代取材ノート「男はなぜ『あさま山荘』に立てこもったのか　元連合赤軍幹部・吉野雅邦のたどった道」https://www.nhk.jp/p/gendai/ts/R7Y6NGLJ6G/blog/bl/pkEldmVQ6R/bp/pQo5VdwjXk/
クローズアップ現代取材ノート「あさま山荘事件〝獄中〟50年　無期懲役囚を揺さぶった裁判長の言葉」https://www.nhk.jp/p/gendai/ts/R7Y6NGLJ6G/blog/bl/pkEldmVQ6R/bp/pVB8n9G9Eg/
衆議院「刑法等の一部を改正する法律」https://www.shugiin.go.jp/internet/itdb_housei.nsf/html/housei/20820220617067.htm
園田寿「熊本藩に懲役刑のルーツがあった」https://news.yahoo.co.jp/byline/sonodahisashi/20160424-00056963
福岡県「福岡県の文化財　旧三池集治監外塀及び石垣」https://www.fukuoka-bunkazai.jp/frmDetail.

aspx?db=1&id=226
法務省「無期刑の執行状況及び無期刑受刑者に係る仮釈放の運用状況について」https://www.moj.go.jp/content/001358492.pdf
法務省「昭和55年版　犯罪白書」https://hakusyo1.moj.go.jp/jp/21/nfm/mokuji.html
法務省「令和元年版　犯罪白書―平成の刑事政策―」https://hakusyo1.moj.go.jp/jp/66/nfm/mokuji.html
法務省「令和４年版　犯罪白書―新型コロナウイルス感染症と刑事政策―犯罪者・非行少年の生活意識と価値観―」https://hakusyo1.moj.go.jp/jp/69/nfm/mokuji.html
法務省「受刑者の生活及び行動の制限の緩和に関する訓令の運用について（平成18年5月23日付け法務省矯成第３３２２号矯正局長依命通達）」https://www.moj.go.jp/content/001372204.pdf
法務省「受刑者の優遇措置に関する訓令の運用について（平成19年5月30日付け法務省矯成第３３４７号矯正局長依命通達）」https://www.moj.go.jp/content/001229578.pdf
法務省「刑務作業」https://www.moj.go.jp/kyousei1/kyousei_kyouse10.html
読むNHK福岡「誰か助けてください　障害児〝療育〟理事長の監禁事件　届かない叫びを受け止めて」https://www.nhk.or.jp/fukuoka/lreport/article/000/29/
e－Gov法令検索　https://elaws.e-gov.go.jp
NIID国立感染症研究所「発しんチフスとは」https://www.niid.go.jp/niid/ja/kansennohakanse/517-typhus.html
SYNODOS「『終身刑化』が進む無期懲役刑の実態　浜井浩一×巡田忠彦×荻上チキ」https://synodos.jp/opinion/politics/19052/

日《に》本《ほん》一《いち》長《なが》く服《ふく》役《えき》した男《おとこ》

著者　NHK取材班

杉本《すぎもと》宙《ちゅう》矢《や》・木村《きむら》隆《りゅう》太《た》

2023年6月25日　第1刷発行

装丁・本文デザイン　山田知子＋門倉直美（chichols）

装画　竹浪音羽

校正　東京出版サービスセンター

発行人　永田和泉

発行所　株式会社イースト・プレス

〒101-0051

東京都千代田区神田神保町2-4-7

久月神田ビル

Tel：03-5213-4700

Fax：03-5213-4701

https://www.eastpress.co.jp

印刷所　中央精版印刷株式会社

ISBN　978-4-7816-2216-3